KB104898

가장 사적인 평범

가장 사적인 평범

부희령 산문

교유서가

가장 사적인 평범
—작가의 말을 대신하여 쓴다

평범한 사람이 나는 좋아요, 라며 흥얼거린다. 그러나 그다지 평범해 보이지 않는 이랑의 노래를 따라 부를 때마다 평범하다는 건 뭔지 곰곰 따져보게 된다. 표준국어대사전에는 '뛰어나거나 색다른 점이 없이 보통이다'라고 뜻을 풀이하고 있다. 보통은 또 무엇인가. '특별하지 아니하고 흔히 볼 수 있음. 또는 뛰어나지도 열등하지도 아니한 중간 정도'라고 설명한다. 어딜 가도 반만 가면 다 간 것 같고, 뭘 해도 중간만 하면 성공이라고 생각하는 사람으로서, 평범은 꼭 나처럼 생긴 단어구나 싶다.

1. 평범해지고 싶다

성이 특이해서 처음 만나면 이름을 되묻는 사람들이 많다. 학교 다닐 때는 늘 별명으로 불렸다. 언니나 동생이 같은 학교에 다닐 때를 제외하고는, 전교에 나 혼자뿐인 성씨였다. 학년이 올라가서 새로 친구를 사귀어야 하는 시기가 되면, 김씨 박씨 이씨 같은 흔한 성을 가진 아이들이 부러웠다. 놀라서 되묻거나 웃으면서 놀리는 반응이 힘들었다.

지금과 달리 어릴 때는 어리숙하고 숫기가 없었다. 6학년으로 올라가서 얼마 지나지 않은 어느 날 담임선생님이 쉬는 시간에 나를 교탁 앞으로 불렀다. 아직 낯선 선생님이 엄격한 표정으로 말했다. "머리를 묶거나 빗고 다니지 않을 거면, 짧게 잘라라." 헝클어진 긴 머리를 늘어뜨리고 다닐 때였다. 그 무렵까지 외모에 전혀 관심이 없던 나는 전날 종일 입고 놀던 옷 그대로 이불 속에 들어가서 자고, 다음날 아침 이불 속에서 빠져나와 곧장 학교에 갔다. 솔직히 머리를 안 빗은 날이 더 많았다. 일주일에 한 번 목욕탕에 갔는데 그날만 머리카락에 빗질했다. 돌봐야 할 자식이 많아서 엄마는 아침에 도시락 싸는 일만으로도 진이 빠졌다. 아이들 하나하나 외모가 단정한지 신경써줄 여유가 없었다. 그러나 나를 제외한 언니 동생들은 모두 알아서 잘 깨끗이 입고 다녔다.

그날 교탁 저쪽에서 선생님이 매서운 눈초리로 나의 모습을 아래위로 훑어보는 걸 마주하면서, 세상이 만만하지 않음을 깨달았다. 처음으로 바깥의 시선을 선명하게 느꼈다. 그들은 나를 보는구나. 보는 것뿐 아니라 판단하고 점검하는구나. 따귀를 한

가장 사적인 평범

대 맞은 것처럼 그 순간을 기억한다. 언니나 동생이 왜 그렇게 방울 달린 고무줄이라든가 머리핀 같은 것에 열광하는지 비로소 알게 되었다. 이후에 나는 다른 사람들의 옷차림이나 외모를 살폈고 가능한 한 그들과 비슷하게 보이도록 애썼다. 사람들 사이에서 눈에 띄지 않기를 바랐다.

1990년대 초에 태국 어느 호텔에서 있었던 일이다. 인도에서 귀국하는 길에 비행기를 바꿔 타느라 방콕에 잠깐 머물렀다. 한국과 동남아시아 나라들의 환율 격차가 생기기 시작할 무렵이라, 별로 가볼 일 없던 4성급 호텔에서 밥 먹을 기회가 있었다. 화장실에 간 일행을 기다리면서 무심코 로비에 있는 소파 팔걸이에 걸터앉았다. 잠시 후 어디선가 제복을 입은 호텔 직원이 나타나 나에게 팔걸이에 앉으면 안 된다고 싸늘한 목소리로 말했다.

그때 나는 흔히 알라딘 바지라고 불리는 배기바지에 허름한 남방셔츠 차림이었다. 고급 호텔 로비에서는 당연히 눈에 띄었을 것이다. 그러나 내가 거의 일 년 동안 머물렀던 인도에서는 관광객의 전형적인 옷차림이었다. 깔끔한 티셔츠에 청바지를 입고 다니는 것보다 오히려 눈에 덜 띄었다. 지금은 부끄러움과 함께 떠올리는 사소한 기억이지만, 평범함과 평범하지 않음의 기준은 사회문화적 맥락에 따라 극과 극으로 바뀔 수 있음을 보여주는 일이다.

2. 평범하지 않고 싶다

어린 시절부터 사회성이 부족했던 나는 혼자서 책을 읽는 시간이 많았다. 책에서 세상을 배우고 친구와 말벗을 구했다. 요즘은 그토록 책을 붙들고 살았던 것을 후회할 때가 간혹 있다. 정보의 바다라 불리는 인터넷이 없던 시절, 그러니까 내가 십대이던 시절에는 주로 학식이 깊고 재능이 뛰어난 이들이 책을 썼다. 또한 책 속에 언급되려면 지성이든 감성이든 의지든 비범한 측면이 있는 인물이어야 했고, 아니면 타인의 모범이 될 만한 인격을 갖추어야 했다.

내가 한창 종로와 광화문의 서점들을 드나들던 사춘기 때 유독 비범한 여성들을 다룬 평전들이 유행이었다. 로자 룩셈부르크, 시몬 베유, 이사도라 덩컨, 루 살로메, 시몬 드 보부아르 같은 이들의 삶을 기록한 책을 닥치는 대로 읽었다. 지금 내용을 떠올려보면 그들의 삶에 일관된 공통점은 별로 없었다. 다만 여성이 사회적으로 차별받던 시대에 남성을 능가하는 재능과 의지로 자신의 길을 간 사람들임을 강조하는 게 비슷했다. 책을 읽으면서 나 또한 죽음을 두려워하지 않는 혁명가가 되어야 한다거나, 인류를 위해 헌신하는 종교적 삶을 살아야 한다거나, 천재들을 사로잡는 매력적인 여성이 되어야 한다거나, 그런 몽상에 빠지곤 했다

지난날의 독서를 후회하는 이유는 뭘까. 훌륭한 이들의 삶을

모범으로 삼아야 한다는 압박감이 오랜 시간 나를 괴롭혔다. 비범하고 대단한 사람이 되어야 한다는 것. 평범하면 안 된다는 것. 그건 내 생각이 아니라 책이 심어준 생각이었다. 학교나 사회에서 심어준 기준이었다. 당연히 나는 책 속에 나오는 사람들처럼 훌륭하지 못한데, 그걸 받아들이지 못했다. 훌륭하다는 게 뭔지도 모르면서 막연히 훌륭한 사람이 되고 싶었고, 평범한 사람으로 살아가는 건 불행한 일이라고 여겼다. 자신에 대해 비현실적 기대를 품은 탓에 오랜 시간 나답게 사는 게 얼마나 충만한 일인지 깨닫지 못했다.

스무 살 무렵의 내가 평범한 사람이 되고 싶지 않다는 몽상 속에서 헤매던 것과 달리 요즘 청년들의 염원은 구체적이다. 어느 자리에서 갓 대학을 졸업하고 취직을 준비하고 있는 청년에게서 들은 이야기를 잊을 수 없다. 어머니가 지병으로 수술을 받으셔야 하는데, 아는 의사나 병원 관계자가 없어서 원하는 날짜에 입원을 못하고 수술 시기도 뒤로 밀렸다. 자기가 좋은 직장을 구하려 열심히 준비하는 까닭은 특혜를 받지 못하는 평범한 사람으로 살고 싶지 않아서이다. 어머니와 가족을 위해서. 나는 훌륭하고 대단한 이들이 청년의 말대로 정말 그런 편의를 제공받는지 아닌지 모른다. 어쨌든 그는 자신이 경험한 사회 혹은 구조의 맥락에서 비롯된 말을 했을 테다. 계약직이라서 받는 차별을 끊임없이 토로하던 한 청년이 자신의 꿈은 정규직이 되는 것이라고 한 말과 더불어 잊히지 않는 서글픈 이야기다.

3. 지극히 사적인 나의 평범

내가 왜 훌륭해져야 하나? 어느 날 머릿속에 솟아오른 물음이었다. 그게 명료한 하나의 의문문으로 나타나기까지 아마도 오랜 헤맴과 부대낌을 거쳤겠다. 젊을 때 막연히 되고 싶던 훌륭한 사람이란 유명하거나 존경받는 사람이었다. 나는 다른 욕망보다 명예욕이 강한 편이었으니까. 사람들의 인정을 받고 싶었다. 세상을 바꾸든 사람 마음을 바꾸든, 변화를 일으키는 힘을 지닌 사람이 되고 싶었다.

나이가 들어 이제 삶을 근본적으로 바꿀 기회가 없어진 탓인지, 자신이 정말 어떤 사람인지 알게 된 덕분인지 이유는 알 수 없다. 생각이 확 바뀔 정도로 유달리 특이한 체험을 한 것이 아님에도, 어느 순간 내가 굳이 훌륭한 사람이 될 필요가 없음을 깨달았다. 저절로 제정신이 돌아왔다고나 할까. 그러고 나서는 물처럼 세상을 흘러다니다가 잠시 한자리에 고여 있고, 때가 되면 다시 다른 자리로 흘러가면서 살 수 있었다. 평범함이란 세상의 완충지대 같은 것임을 알게 되었다.

몇 년 전에 참석한 북토크에서였다. 저자가 이런저런 이야기 끝에 '나는 공적 자아 없이는 살 수 없다'라고 했다. 그가 말하는 공적 자아의 의미를 정확하게는 알 수 없었으나, 그 말을 들는 순간, 가능하다면 나는 사적 자아로만 살고 싶다고 생각했다. 내가 정말 못 견디는 것은 공적인 자리, 행사, 그리고 공적인 인간관계이다. 살다보면 아무래도 그런 상황을 겪어야 한다. 그럴 때마다 내가 아닌 다른 사람을 연기하는 기분이 든다. 물론 사람의 자아는 여러 겹이고, 요즘에는 부캐라고 부르며 여러 자아를 운용하는 사람을 능력자로 여긴다. 그러거나 말거나 나는 가능한 한 한 겹의 자아로 밀착해서 살고 싶다.

공적인 사람에게 사생활은 좀처럼 허용되지 않는다. 반드시 그래야 하는 것도 아닌데, 사생활이 파헤쳐져도 공인이라서 어쩔 수 없다는 이야기가 뒤따라나온다. 어디에 근거하는 논리인지 나는 모른다. 아무려나 평범한 사람의 특권은 뒤쫓는 시선이 없는 삶을 누릴 수 있다는 것일 테다. 그나마 가장 사적인 인간으로 살아갈 가능성이 높다는 이야기다. 이따금 작가는 평범한 직업이 아니지 않느냐고 묻는 이들도 있다. 예전에는 특별한 사람들이 글을 썼으나, 이제는 그렇지 않다. 알다시피 누구나 글을 쓰고 책을 낸다. 평범하다는 것은 개성이 없다는 의미가 아니다. 밋밋한 삶을 가리키는 수식어로도 적절하지 않다.

평범하게 살아온 덕분에 더 많은 이들을 이해할 수 있었다. 세상에는 평범한 사람이 더 많으니까. 이해한다는 것은 나에게 매우 중요한 일이었기에, 좋았다. 평등이라는 관점에서 세상을 바라볼 수 있어서도, 좋았다. 살다보면 평범은 비범과 대치되는 자리에 있는 게 아님을 알게 된다. 모든 이분법이 그렇듯 그저 언어의 장난이다. 평범은 모범이 되거나 위대해지기를 바라지 않는다. 그런 의미에서 나의 평범은 위로받을 필요가 없다. 무릎이 아파도 경로석에 앉아 마음껏 연애소설 읽는 할머니로 살아갈 텐데, 왜.

2024년 처서를 지나며
부희령

가장 사적인 평범

차례

3부 여행

4부 가족

1부

쓰기

비행 공포

비행기를 탈 때마다 심한 불안을 느낀다. 그래도 아직은 호흡곤란이 오거나 기절한 적은 없다. 비행공포증까지는 아니고 싶은데, 새삼 '비행'이라는 단어를 떠올리니, 심장에 성에가 끼는 것 같다.

여러 해 전 유럽 변두리의 작은 나라에서 석 달 남짓 머무를 기회가 있었다. 슬로베니아 사람들은 자기 나라를 그렇게 묘사하는 걸 싫어할지도 모르겠다. 큰 기대 없이 문화예술위원회의 해외 레지던스 공모에 지원했다가 덜컥 선정된 것인데, 열세 시간 이상을 날아가야 한다고 했다. 엄두가 나지 않았다. 포기할까 망설이는 나에게 주위 사람들이 조언했다. 처방을 받아 안정제를 복용해라. 영화를 보거나 음악을 들어라.

출국하는 날 책 두 권을 넣은 가방을 들고 비행기에 올라탔다. 불안은 수백만 톤에 달하는 쇳덩어리가 허공에 떠 있음을 한순간도 잊을 수 없는 데서 비롯한다. 그러니 현재 상황을 의식하지 않으면 문제가 해결된다. 이제껏 살아오면서 주위를 완전히 잊은 경험은 책에 몰입했을 때뿐이었다. 영화가 아니고 책? 그렇다. 영화가 아니라 책.

당신을 떠올린 것은 비행기가 이륙하고 얼마 지나지 않아서였다.

처음에 가방 속에서 꺼내든 책은 일본 작가의 추리소설이었다. 등장인물들의 이름이 헷갈려 집중하기 어려웠다. 요스케와 유키호와 후미요를 구별하지 못해 앞뒤 페이지를 여러 번 오고 갔다. 포기하고 다른 책을 꺼냈다. 『말테의 수기』였다. 겉표지는 사라지고 누렇게 빛바랜 하드커버만 남은 책. 손닿는 대로 아무데나 펼쳐서 읽기 시작했다. 한두 페이지를 넘겼을까. '아벨로네는 늘 우리와 같이 있었는데, 사람들은 그녀를 마음대로 부려먹었다. 그러나 어느 날 나는 갑자기 궁금해졌다. 아벨로네는 왜 있는 걸까?'

당신은 문장의 그림자로 홀연 머릿속에 나타났다. 어린아이와 청소년의 경계를 넘어가던 시절이었다. 혈육도 친구도 아니었으나 한동안 당신과 나는 같은 방을 썼다. 알고 싶지 않아도 나는 알고 있었다. 밤이면 당신이 탁상등을 켜고 책을 읽는다는 것, 바닥에 엎드려 대학노트에 무엇인가를 끄적인다는 것, 어둠 속에서 라디오를 듣는다는 것을. 당신이 청소, 설거지, 빨래로 바쁜 낮 동안에는 내가 『별들의 고향』이나 『갈 수 없는 나라』 같은 책들을 읽었다. 어디서 왔는지 모를 그들은 당신에게 속한 것이었다. 내가 읽는다는 것을 당신은 알고 있었다. 우리는 밤과 책을 공유했다.

비행기가 요동치기 시작했다. 흔들리는 글자들을 놓치지 않으려 애썼으나, 흩어지는 의미를 붙잡지 못했다. 책에서 눈을 떼지 않고 있음에도 승무원이 물컵을 들고 비틀거리며 통로를 오고가는 것을 나는 의식하고 있었다. 역시 안정제를 처방받아야 했나. 비행기가 다시 심하게 흔들렸다. 나도 모르게 들고 있던 책을 움켜잡았다.

그날 밤 나는 어찌할 바를 몰랐다. 당신이 이불 위에서 뒹굴고 밤새 토하던 날. 머뭇거리며 잡은 당신의 손을 놓지 못했다. 아프지 않은 내 상태가 전염되기를 바랐지만, 당신의 고통이 나에게 옮겨올 것 같아 불안하기도 했다. 꼭 그래야 한다면 아주 조금만, 이라고 생각했다. 나중에 어머니를 깨웠는지 당신이 약을 먹었는지 기억나지 않는다. 더는 게울 것 없이 탈진한 뒤에도 이따금 통증이 밀려오는 듯 식은땀을 흘리던 당신 얼굴만 또렷하다.

예상과 달리 책은 불안의 해결책이 되지 못했다. 왜 『말테의 수기』였을까. 이미 과거의 유령이 된 책이기도 했지만, 하필이면 몰락한 덴마크 귀족이 하강의 아찔한 속도를 체감하는 이야기이기도 했다. 벽 너머에 있는 사람의 눈꺼풀이 내려앉지 않도록 자신의 의지를 이용해주길 부탁하던 말테를 나는 이해한다. 나의 바람이 당신의 고통을 덜어주지 못했듯 말테의 의지도 당연히 별로 도움이 되지 못했다.

언제부터인가 우리는 책을 공유하지 않게 되었다. 당신이 글자보다 가수와 배우 사진이 더 많은 잡지를 뒤적일 때 나는 덧창문, 가문의 문장, 회랑, 무도회 카드, 소금에 절인 라임 같은 뜻 모를 단어와 이름들 속으로 허겁지겁 빠져들었다. 당신과 함께 어른의 책을 경험한 나는 학급문고에 꽂혀 있는 해맑은 책들로 돌아갈 수 없었다. 언니들이나 아버지의 책장을 뒤지거나 버스를 타고 나가 시내 서점을 헤맸다.

고통스러워하는 당신 곁에서 잠든 밤이 마지막이었다. 어머니는 당신이 병원에 입원했고, 맹장 수술을 받았다고 했다. 수술이 잘 끝났다는 말을 들었으나 당신은 돌아오지 않았다. 서서히 나는 당신이 왜 있어야 하는지 알게 되었다. 당신이 없어야 하는 이유는 아직도 알지 못한다. 몇 년의 세월이 흐른 뒤 집에 들른 먼 친척이 송탄에서 우연히 당신을 보았다고 말했다.

어딘가에 송탄이라는 도시가 있다는 것을 알게 되었을 무렵 『말테의 수기』가 나타났다. 펼쳐진 채 식탁 위에 방치되어 있었거나 어느 책장에 꽂혀 있었을 것이다. 책이 나에게 온 뒤로 여러 번, 아마도 수십 번쯤 읽었다. 이해하지만, 이해하지 못해서. 의사가 자신을 일반진찰 시간에 호출하여 직공, 하녀들, 마부와 함께 기다리게 한 것을 당혹스러워하는 말테를 이해하지만, 이해하지 못했다. 죽은 뒤에도 살아 있는 사람들에게 목격되고, 죽음조차 전설이 되는 신분의 개성을 이해하지만, 이해하지 못했다.

책이 불안을 다루기에 적절한 처방이 아니라는 건 이미 예상했는지도 모른다. 어둠을 마주하기 싫어서 머리끝까지 덮어쓰던 이불의 역할은 오래전부터 유효하지 않았으니까. 실제로 나는 한동안 책을 멀리했다. 무엇보다도 타인의 목소리를 내 목소리로 착각하는 일에 진저리가 났다. 멀어지고 보니 책은 기이한 물건이었다. 전도된 가치를 전도한다고 할까. 책과는 달리 진짜 세상에서는 논리적 연결이나 개연성보다 우연의 힘이 강력했다. 현실보다 늘 한 걸음 뒤에 물러나 있음에도, 혹은 그렇기 때문에 책은 세상의 무의미함이 번성하는 데 은밀히 기여하는 듯했다.

소금과 생선을 팔던 작은 도시국가 베네치아는 노예무역으로 막대한 부를 축적하면서 해양무역의 중심지로 성장했다. 말테는 이곳에서 마주친 덴마크 여인이 이탈리아어와 독일어로 노래를 부를 때 슬픔과 수치심을 느꼈다. 무엇을 슬퍼하고 수치스러워하는지 나는 전혀 이해하지 못했다. 고향의 여인이 외국 관광객 앞에서 노래해서? 덴마크 사람이 이탈리아어와 독일어로 노래해서? 아니면 내가 짐작할 수 없는 또다른 이유에서?

슬로베니아에서 베네치아까지 짧은 여행을 결정한 것은 류블랴나에서 버스로 네 시간밖에 안 걸리기 때문이었다. 베네치아는 과연 온 세상 아름다움의 기준이라는 명성에 부족하지 않았다. 온종일 가장 많이 본 것은 거리를 가득 메운 관광객의 뒤통수뿐이었어도, 돌계단에 걸터앉아 종이 접시에 담긴 파스타를 먹다가 "네 나라로 돌아가! 여기는 너희들이 피크닉 오는 곳이 아니야"라는 냉담한 고함을 들었어도. 깃털 펜과 가죽 가면과 섬세한 공예품이 진열된 상점 유리창 안에서 은세공 손거울을 발견했다. 거울에 비친 아시아인의 얼굴에는 먹물 파스타 소스가 거무스름하게 묻어 있었다. 카인의 징표처럼.

나는 당신이 대학노트를 어디에 숨겨두는지 알고 있었다. 이불장 구석에 놓인 회색 보따리 아래였다. 공책 세 권에 일기와 편지, 알파벳 연습과 짧은 영어 문장이 뒤섞여 적혀 있었다. 어린아이는 무지해서 잔인하다. 단지 호기심으로 남의 일기를 몰래 읽을 수 있다. 당신의 일기는 날마다 비슷했다. 어린 시절에 세상을 떠난 아버지에 대한 그리움과 월급날에 맞춰 찾아오는 어머니에 대한 증오를 쓰고 있었다. 나는 당신 어머니의 얼굴을 보았다. 하얀 한복을 입고 대문 앞에 서 있던 모습이 떠오른다. 당신이 발을 구르고 울며 소리쳐도 끝내 변하지 않던 단단한 표정도.

무지하지 않은 어른은 더 잔인하다. 쓸 만한 무엇이든 쓰고자 하는 욕망이 기억의 밑바닥에서 당신을 끄집어내고야 말았다. 문학이든 아니든 나를 사로잡은 모든 책이 가리키는 길을 따라가보면 마지막에 가로막는 것은 고통받는 인간의 얼굴이었다. 누구의 것이라 해도 전시해서는 안 되고 그럴 수도 없는 것임에도. 스스로 지은 업이 언젠가 돌아오리라는 각오를 해야 할 테다. 옷장도 아닌 이불장 구석에 숨겨져 있던 회색 보따리 속에는 열일곱 소녀의 몇 벌 안 되는 옷가지가 들어 있었다. 그것을 아무렇지도 않게 훔쳐보던 아이의 마음이 이제야 타는 듯이 뜨겁다.

비행기를 타기 전에 늘 찾아보는 정보가 있다. 유선형의 날개를 따라 아래위로 흐르는 공기의 속도 차이가 압력의 차이를 발생시켜 비행기가 뜬다는 것. 더불어 작용-반작용 법칙도 유효하다. 그러나 그것만으로는 비행기가 왜 뜨는지 설명할 수 없단다. 백만 달러의 상금이 걸린 나비에-스토크스 방정식을 풀어야 한다나 뭐라나. 나사NASA에서조차 각기 다른 날개의 단면 모형을 시뮬레이션해서 양력揚力을 측정한다니, 아무려나 요점은 비행기가 뜨는 이유를 정확하게 아는 사람은 아직 아무도 없다는 사실이다. 이제껏 아무것도 모른다는 불안과 전혀 모르는 곳으로 가고자 하는 욕망의 작용과 반작용으로 나는 허공을 날아간 셈이다. 당신이 정말 어떤 사람인지 전혀 모르는 내가 당신에 대해 중언부언 쓰고 있는 것처럼.

　　변명삼아 남긴다. 베네치아에서 마주친 덴마크 여인이 고향의 언어로 말테에게 속삭인 말이다. "노래하라고 해서도 아니고, 그냥 보여주기 위해서도 아니고, 지금 여기서 노래하지 않을 수 없기 때문이에요."🌰

이하의 파랑

아홉 장의 엽서를 차례로 들여다본다. 몇 달 전까지만 해도 이스탄불의 어느 기념품 가게 진열대 위에 놓여 있던 것들이다. 지금은 내 방 벽에 한 줄로 삐뚤빼뚤 붙어 있다. 뒷면에 기록되어 있을 사연이나 전언은 보이지 않는다. 다만 블루모스크의 궁륭한 부분을 떼어낸 듯, 페르시아 카펫의 한 귀퉁이를 잘라낸 듯, 어른 손바닥 크기의 엽서들을 가득 채운 아라베스크 문양이 보일 뿐이다. 무늬들은 온통 푸른빛이다. 드문드문 붉은빛 꽃잎이 흩어져 있고, 황금빛 덩굴이 뻗어 있기는 해도, 맺어졌다가 풀어지면서 끊임없이 되풀이되는 무늬들의 정체성은 푸른빛이다.

　푸른빛은 무엇인가. 파랑이기도 하고 초록이기도 한 것이다. 파랑과 초록 사이에 자리잡은 어느 한 지점이기도 하고, 사이에 펼쳐진 색조와 명암, 농담의 스펙트럼을 아우르는 것이기도 하다. 푸른빛은 시시각각 변하는 물색처럼 청명하면서 동시에 모호하다.

파랑에서 초록에 이르는 색상 목록을 펼쳐놓은 채 하나하나 무늬들의 색에 대응되는 이름을 찾아 짚어본다. 인디고, 미드나잇블루, 아쿠아마린, 터콰이즈, 시안. 색상표의 영어 이름 옆에는 한글 이름이 적혀 있다. 예컨대 indigo 옆에는 남색, midnightblue 옆에는 깜깜한 파랑이라는 식으로. 목록들을 훑어내려가다가 cadetblue에서 눈길이 멈춘다. 옆에 '이하의 파랑'이라는 낯선 단어가 쓰여 있기 때문이다. 밝은 하늘 파랑, 밝은 바다 녹색, 암녹색을 띤 파랑…… 이런 식으로 풀어서 설명한 이름들 사이에 박혀 있는 '이하의 파랑'은 왠지 불안정하다. 파랑은 파랑일 테니, '이하의'는 커뎃cadet에서 온 것일 테다. 커뎃의 뜻을 찾아본다. 견습생, 후보생, 사관학교 생도, 혹은 아우, 라는 의미란다. 그렇다면 이 작명은 맥락 없는 대응 속에서 곧잘 길을 잃어버리고 마는 인공지능의 짓일지도 모른다. 훈련이 필요한 미성숙한 사람, 혹은 아랫사람, 서열이 밑이라는 의미를 기계적으로 가져와 '이하의'라고 이름 붙인 것일지도.

굳이 추측해 보자면, 커뎃블루는 미국이나 영국의 사관생도들 제복 빛깔에서 비롯했는지도 모르겠다. 인터넷으로 검색해서 사관생도들의 제복 사진을 들여다보니 그런 것도 같고 아닌 것도 같다. 아무래도 좋다. 이름은 그저 이름이다. 파랑은 파랑이고 빨강은 빨강이듯이, 맥락이나 의미를 놓쳤을지 모르겠으나, 이하의 파랑은 이하의 파랑이다. 입술에서는 잘 굴러나오는 소리다. 귀로 듣기에는 나쁘지 않을 정도로 낯설다. 색상표를 참조하자면, 어두운 바다 녹색과 암녹색을 띤 파랑의 중간쯤에 자리잡은 파랑이다. 엽서 속에서는 여덟 방향으로 뻗어나가는 기하학적 꽃무늬를 채워넣은 색이다.

　오해나 실수의 결과가 아닐 수 있다. 인공지능이라든가 커뎃이라는 단어와 상관없이, 이하는 어딘가에 존재했던 사람일 수 있다. 이하는 누구일까. 세상 모든 것에 선명한 그림자를 주지만 하늘에는 구름 한 점 허락하지 않는 사막의 태양 아래에서 나고 자라, 아무리 설명해도 꽃과 나무와 새와 물고기가 있는 풍경을 떠올릴 수 없는 아이가 있었다. 양을 치며 먼 곳까지 떠돌아다니는 목동이었던 아버지는 아이에게 다른 세상을 보여주기 위해 카펫에 무늬를 넣기 시작한다. 페르시아의 옛이야기는 그렇게 전한다. 아버지는 눈과 손가락과 어깨로 액자의 위부터 아래까지, 오른쪽부터 왼쪽까지 무늬를 짜넣으며 시냇물이 흐르는 세상의 풍경을 아이의 눈앞에 재현한다. 꽃과 나무와 새와 물고기가 공존하는 머나먼 아름다움을 들여다보던 아이의 이름이 이하였을까. 아버지의 눈에서 이하의 눈으로 옮겨온 파랑이 이하의 파랑이었을까. 이하가 자라나 사막에서 태어난 누군가의 아버지나 어머니가 되면, 설명과 재현의 안타까움을 이어

27

받아 끊임없이 되풀이되는 푸른빛 무늬를 또다시 짜기 시작하는 것일까.

온종일 구름이 낮게 드리운 날씨가 지속되고, 그래서 해가 질 때도 붉은 놀은 기대할 수 없는 곳에 또다른 이하가 살고 있다. 아이의 눈동자는 회청색이다. 키 큰 침엽수 숲으로 둘러싸인 잿빛 벽돌집에서 이하는 홀로 책상 앞에 앉아 창밖을 내다본다. 깜깜한 파랑의 밤이 오기 직전, 잠시 자기 눈동자와 꼭 같은 색으로 변한 저녁 하늘을 바라본다. 아이가 꿈꾸는 것은 뜨거운 태양을 품을 수 있는 순수한 파랑이다. 눈을 뜨고 똑바로 바라볼 수 없는 두려운 찬란함이다. 겁에 질린 이하의 눈동자만이 오직 한 점의 구름으로 허용될 뿐.

환상은 아이를 보잘것없고 연약한 어른으로 자라게 했다. 이하는 땅 위에서 살아가야 할 운명이지만 머리를 구름 속에 집어넣고 말았다. 회청색 눈동자는 땅 위의 사람들이 보는 것을 보지 못한다. 새가 날아가면서 보는 것을 본다. 땅 위의 삶은 이하를 흔들어 구름 속을 빠져나오라 한다. 그의 머리는 한 마리 까마귀처럼 새카만 비명을 지르며 멀리 더 멀리 날아간다.

한 줄로 삐뚤삐뚤 붙어 있는 아홉 장의 엽서들 가운데 한 장을 향해 손을 뻗는다. 여덟 방향으로 뻗어나가는 기하학적 꽃무늬 그림을 벽에서 떼어내 뒤집어본다. 뒷면에는 짧은 사연이 적혀 있다. 훼손된 몇몇 글자들을 무시하면서 읽어내려간다.

……삐걱거리는 좁고 가파른 계단을 올라가고 있었다. 벽이 온통 갈라지고 기울어져 있는 것을 보면서, 이곳에 들어오지 말았어야 한다는 사실을 깨닫는다. 이 집은 이해하기 어려운 단어의 내부와 외부의 경계이면서 그것을 감싸고 있는 미로다. 악몽이 틀림없다. 마침내 내가 찾고 있던 방이 나타났고, 방문을 열자, 어두운 푸른 그림자가 어른거렸다. 나는 그것이 악귀나 재앙일지도 모른다는 생각에 황급히 문을 닫았다. 그 바람에 집이 무너지기 시작했고 나는 재빨리 등을 돌려 계단을 뛰어내려 왔다. 현관을 막 벗어나는 순간 집이 흔적도 없이 무너지면서 땅속 깊은 곳으로 빨려들어갔다. 가장 여리고 사소한 무엇인가를 혹은 누군가를 구하지 못했다는 회한이 엄습했다. 꿈을 꿀 때마다 되풀이되는 무거움이다. 땅속으로 빨려들어가는 어두운 푸른 그림자, 회청색 눈동자, 이하의 파랑. 방문을 여는 바로 그 순간, 어두운 푸른 그림자가 의미와 이름을 갈라놓는 악귀나 재앙이 아니라 여리고 사소한 무늬로 읽힐 날이 있을까……

나는 이하가 되고 싶었던 걸까, 파랑이 되고 싶었던 걸까, 이하의 파랑이 되고 싶었던 걸까. 아니면 초록? 이하의 파랑은 파랑 이하의 파랑이거나 파랑 이상의 파랑은 아니지만 초록 이상의 파랑이거나 초록 이하의 파랑일지두 모른다. 물론 그 정체성은 푸른빛이다. 무늬의 자의식은 언제나 나를 이하로 밀어넣거나 이상으로 끄집어올리려 한다. 그런데 나는 왜 당신에게 묻고 나에게 대답하는가. 왜 나에게 묻고 당신에게 대답하고 있는 것인가. 🌰

천사

아주 어렸을 때부터, 그러니까 쓰레기통을 뒤져서 먹다 남은 사과 속이나 불량한 분홍빛 튜브 같은 것을 주워 먹을 때부터, 길에서 만난 걸인이 머리를 쓰다듬어주었을 때부터, 나는 천사를 만날 운명임을 알고 있었다. 언젠가 내 앞에 천사가 나타나리라. 천사는 하얗고 긴 옷을 입고 있거나 무지갯빛 후광 같은 걸 쓰고 있지는 않을 것이다. 타조에게나 어울릴 날지도 못할 날개도 버렸을 것이다. 천사는 어린애들이 보는 그림책 속에 나오는 모습이 아니라는 것을 나는 알고 있었다. 세상이 쓰레기와 곰팡이로 뒤덮여 있다는 것조차 이미 알고 있었으니까. 땅으로 내려온 천사는 그늘이 지지 않는 가벼운 말투와 떨어진 날개의 후유증인 끝없는 산만함을 지니고 있으리라. 이따금 천사를 알아보고 달려오는 고양이와 강아지들을 귀찮아하면서 달아나고 있으리라.

    드디어 오늘 나는 어두운 골목 어귀에서 천사와 마주쳤다. 안녕, 천사. 나는 거짓말을 너무 많이 했어요! 언젠가 천사를 만나면 하려고 벼르던 말이 튀어나왔다. 나의 고백을 듣고 천사가 중얼거렸다. 뭐야, 또 고양이가 따라오고 있잖아. 나는 고양이가 아니라 도서관에 살고 있는 생쥐예요. 라식 후유증 때문에 네 모습이 거의 보이지 않아. 천사가 중얼거렸다. 수술을 받고 난 다음에는 아주 멀리 있거나 높이 있는 것만 보이거든. 나는 뜨끔했다. 어쩌면 천사는 생쥐 주제에 고양이처럼 구는 나의 허영을 본 게 아닐까? 나도 이제는 천사라기보다는 천사의 후유증에 가까워. 천사가 중얼거렸다. 천사는 끝없이 선량해져야 하고, 끝없이 아름다워져야 하는데, 그러다보면 나처럼 희박해지고 사소해져서 후유증만 남게 되거든. 나는 '후유증'이라는 말을 기억해두었다. 도서관에 돌아가면 사전 속에서 그 단어를 찾아 저녁 식사를 해결하기로 마음먹었다. 아침에는 '연루'를 마셨고, 점심 끼니는 간단히 '또'로 때웠다. 넌 도서관에서 뭘 하는데? 천사가 물었다. 낱말을 잔뜩 먹은 뒤 거짓말을 만들어요. 새로 만든 거짓말로 다른 거짓말을 지워나가는 거죠. 천사는 고개를 저었다. 그런 말을 들으니 머리가 더 아파. 어깨도 아프고. 아직도 날개가 달려 있는 것 같아. 집에 가서 타이레놀 먹고 뜨거운 물로 샤워하며 어깨를 지져야겠어. 천사는 후광이 떨어져나간 자리를 북북 긁어대면서 골목 끝으로 사라졌다.

　도서관은 거짓말로 이루어진 거대한 미로다. 수백 개의 서가들, 그 속에 꽂혀 있는 수백 수천만 권의 책들, 책마다 넘쳐나는 깨알 같은 거짓말들. 사람들은 거짓말을 사랑한다. 거짓말은 지나치게 달콤하고 거짓말은 지나치게 아름답고 거짓말은 지나치게 말끔하고 거짓말은 지나치게 어렵고 거짓말은 지나침에 있어서도 지나치게 뻔뻔해서, 모든 두꺼움이 그렇듯, 어리석음과 추함과 두려움을 가려주기 때문이다.

　나, 생쥐도 거짓말을 사랑한다. 그러나 내가 거짓말을 사랑하는 이유는, 그 모든 거짓말이 의심과 회의로 향해 갈 운명이기 때문이다. 의심과 회의가 생쥐에게는, 이를테면 사람들이 삶의 의미라고 말하는 무엇이다. 사람들이 사랑하는 거짓말은 다른 거짓말을 낳고, 또다른 거짓말을 낳고, 또다른 거짓말을 낳는다. 날마다 새로운 길을 만들어 미로를 복잡하게 만든다. 생쥐가 사랑하는 거짓말은 마침내 자신의 운명에 도달할 거짓말이다. 그런 거짓말은 다른 거짓말을 지우고, 또다른 거짓말을 지우고, 또다른 거짓말을 지운다. 날마다 길 하나를 소거하면서 미로의 목적을 향해 나아간다. 어쩌면 미로에는 목적이 있을지도 모른다. 생쥐는 아직 목적을 갖지 못해 생쥐인 것. 미로의 목적은 생쥐의 목적이다.

　도서관에 돌아온 나는 '후유증'이라는 단어를 삼켜 오늘의 거짓말을 완성했다. "오늘 골목 어귀에서 천사의 후유증과 연루된 고양이를 보았다, 또."

폭소

일요일 오전, 이미 기온이 올라가버려 이른 시각에도 무더워진 일요일의 한때는, 어느새 슬그머니 늘어져 제소리가 안 나는 기타줄 같은 느낌이다. 그렇지만 무엇인가를 조율하고 싶지도 않고, 하고 싶다고 하더라도 그렇게 되지 않는다. 블라인드 틈 사이를 비집고 들어온 격자무늬 햇살을 바라보면서, 그냥 아무것도 하고 싶지 않다. 아무것도 하지 않고, 아무 말도 하지 않는다. 바라본다. 문득 보이지 않을 때까지.

"바라본다, 문득 보이지 않을 때까지." 고등학교 때 예술제에서 내가 쓰고 낭송했던 시의 마지막 부분이다. "이상하다,"라는 중얼거림으로 시작하는 시였다. 첫 구절을 읽자마자 청중이 폭소를 터뜨렸다. 나는 당황했다. 시 같은 건 쓸 것 같지 않은 평소의 이미지도 문제였겠지만, 그날 무대 위에 올라가서 참으로 어색하게 굴었다. 보통 시를 낭송할 때 그러하듯이, 천천히 낭랑한 목소리로 시를 읽지 않았다. 더욱이 내가 쓴 시는 교과서에 나오는 시 같지 않았다. 시를 다 읽고 무대에서 내려오자, 행사를 주관하던 국어 선생님이 못마땅한 얼굴로 핀잔을 주었다. "시 낭송하면서 사람들을 웃기는 사람은 처음 봤다."

시인이 되고자 하는 꿈이 있었다. 그날 이후로 나는 단 한 줄의 시도 쓰지 않았다. ◗

2부

마음

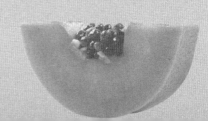

두번째 화살

한밤중에 일어나 화장실에 간다. 어둠 속에서 비틀비틀 걷다가 단단한 물체에 발가락을 부딪친다. 악! 비명을 지르며 주저앉는다. 치솟는 분노를 가라앉히려 애쓰다가 불을 켠다. 주위를 둘러본다. 아니, 누가 탁자를 여기로 옮겨놓은 거야? 발가락이 욱신거리며 다시 마음이 요동친다.

불교에서는 이러한 상황을 두 개의 화살로 비유하여 설명한다. 어둠 속에서 뜻하지 않게 어딘가에 발가락을 찧으면 아프다. 그처럼 몸으로 괴로움을 경험하게 되는 상황을 첫번째 화살에 맞았다고 표현한다. 세상은 어두운 방과 같은 곳이다. 모든 조건을 알거나 통제할 수 없으므로, 첫번째 화살은 도처에서 수시로 날아온다. 게다가 몸의 괴로움은 단지 감각적 통증으로만 끝나지 않는다. 감각적 불편이나 아픔을 경험할 때 사람들 마음속에는 분노, 우울, 억울함과 같은 감정이 일어난다. 고통이 영원히 지속될지도 모른다는 두려움과 불안이 밀려온다. 이렇게 마음이 혼미해지고 비탄에 빠지는 것을 불교에서는 두번째 화살을 맞았다고 한다. 번뇌라는 독이 묻은 두번째 화살은 밖에서 날아오는 게 아니라 스스로 쏘는 것이기도 하다.

'두번째 화살'에 대한 이야기를 처음 들었을 때, 아, 그렇구나! 납득할 수 있었다. 내 힘으로 어디선가 날아오는 화살을 막을 수는 없어도, 내가 나에게 화살을 쏘지 않을 수는 있는 거구나. 스스로 마음의 괴로움만 끊을 수 있어도 훨씬 나은 삶을 살수 있을 것 같았다. 하지만 이론이 그렇다 해도 살아가는 현실에 적용해보니 그게 또 그렇게 단순하기만 한 일이 아니었다.

가평에 살 때의 일이다. 오래간만에 서울에 와서 청량리역에 내렸는데, 마침 근처에 있는 백화점에서 할인행사를 하고 있었다. 약속 시간까지 여유가 있어 구경하러 갔다. 백화점 안을 이리저리 돌아다니다 보니 마음에 드는 옷이 있었다. 가격표가 붙어 있지 않아 지나가던 점원을 붙들고 가격을 물었다. 점원은 나를 흘낏 보더니 빠르게 말했다. "그거 비싼 거예요." 예상치 못한 대답을 듣고 나는 잠시 멍하니 서 있었다. 도대체 무슨 뜻으로 한 말이지? 온갖 추측과 해석으로 머릿속이 와글거리기 시작했다.

백화점에서 나와 거리를 걸어가는데 독화살이라도 맞은 듯

쓰리고 아픈 느낌이 마음속에 서서히 번져갔다. 하루에 마주치는 사람이 서너 명도 안 되는 시골에 살다보면 옷차림이나 유행 같은 것에 전혀 신경을 쓰지 않게 된다. 그 무렵 나는 늘 머리카락을 하나로 묶고, 낡은 티셔츠와 헐렁한 바지를 입고 지냈다. 하지만 서울에 와서 기차역에 내리는 순간부터 끊임없이 다른 이들과 나를 비교하게 되었다. 쇼윈도나 거울에 비치는 나의 허름한 차림새를 의식했다.

그날 백화점 점원이 했던 말이 무슨 의미인지 지금도 알 수 없다. 정확한 가격은 모르나 비싼 옷이라는 건지 당신은 그 옷을 살 능력이 없다는 것인지. 무슨 의미인지 확실히 알 수 없고 단지 공중에 흩어지는 음파에 불과한 말이 화살 역할을 했다면, 아마도 내 마음이 기꺼이 과녁이 될 상태였기 때문일 것이다.

모든 게 마음먹기 나름이라는 말에는 빈틈이 있다. 마음이란 오직 나만의 것이 아니다. 마음은 내가 살아가는 시공간 속 사람들이 내면화한 가치나 시선을 공유할 수밖에 없다. 가난이나 질병에 대한 편견. 계층 혹은 계급이라는 구별. 중심이 되는 미학적 기준. 이런 것과 상관없는 마음이라는 게 있을까.

언제부터인가 포털의 기사에 달리는 댓글들을 보지 않는다. 나 자신을 보호하기 위해서다. 두번째 화살을 쏘지 않으려면 마음을 단속하는 것보다 언제 어디서 받아들였는지 모르는 가치관부터 몰아내야 마땅하다. 함부로 타인에게 독화살을 날리게

하는 비난의 잣대부터 버려야 한다. 서로에게 독화살을 날리는
마음이 결국 나에게 두번째 화살을 쏘는 마음이기 때문이다. 🌿

진원지

왜, 그런 날이 있지 않은가. 몸과 마음이 지쳐서 가만히 서 있어도 세상이 나에게 시비를 거는 것 같은 느낌이 드는 날. 정류장에 서 있는데 내가 기다리는 버스만 안 오는 날.

마침내 버스에 올라타는 순간 마음에 드는 위치에 빈자리가 눈에 띄어 달려가 앉는다. 두 사람이 앉는 의자다. 피곤한 하루였다. 누가 옆에 앉는 것조차 번거롭고 신경쓰인다. 그냥 일어나서 서서 갈까 망설이는 마음과 달리, 엉덩이는 어느새 창가 쪽으로 밀고 들어간다. 아무도 내 옆에 앉지 말아라, 말아라, 주문을 외운다. 그럴 때는 꼭 저 사람만 아니면 괜찮겠다 싶은 사람이 다가온다. 털썩 옆에 주저앉는다. 그에게서 생선 썩는 냄새가 난다. 머리가 아플 지경이다. 견디다못해 목적지보다 한 정거장 먼저 내려서 집까지 걸어온다.

그런데 이상하다. 지금 씻고 침대에 누워 책을 펼쳤는데 어디선가 생선 썩는 냄새가 솔솔 난다. 머리가 아플 지경이다. 그렇다면 냄새의 진원지는 그가 아니라 바로 나?

그해 겨울, 종로

너와 만나기로 했던 곳은 지금은 문을 닫은 어느 서점 앞이었다. 1980년대 초중반까지만 해도 종로는 지금의 홍대 입구나 망원동처럼 젊음으로 북적이는 거리였다. 스무 살 안팎의 청년들이 한 번쯤 겪고 넘어가는 빈둥거림, 반항 혹은 방황, 무엇을 하든지 남보다 도드라지고 싶은 치기, 그런 기색들로 넘쳐나는 곳이었다.

나는 막 대학입시를 치른 예비 대학생이었다. 실내장식이 멋진 카페의 통유리창 앞에 앉아 지나가는 사람들을 구경하며 커피 한 잔을 마시고자 딱히 만날 이유가 없어도 친구와 약속을 잡곤 했다. 이제는 없는 종로의 그 서점 앞에는 누군가를 기다리는 사람들이 늘 서성이고 있었다. 나도 우연히 아는 얼굴을 만날 때까지 무작정 그 앞에서 기다리고 싶다고 생각했다. 휴대전화가 없던 시절이라 그런 우연을 기대할 수 있었다.

　문득 네가 떠올랐던 건 왜일까. 너는 중학 시절 단짝이었으나, 서로 다른 고등학교로 진학하면서 오랜 세월 연락이 끊긴 친구였다. 그 시절 나는 숫기 없고 내성적인 아이였다. 친구 사귀는 일이 참 어려워, 학교 다니면서 가장 괴로운 순간은 소풍날 점심시간이었다. 그런 나에게 네가 먼저 다가왔다. 중학교 2학년 봄소풍 때 혼자 도시락을 펼친 나에게 너는 함께 밥을 먹자고 했다. 그렇게 너와 나는 친구가 되었다. 너는 키가 크고 마른 몸매에 갸름한 얼굴, 외꺼풀 눈이 크고 콧날이 또렷한 아이였다. 가무잡잡하고 윤기가 흐르는 살결이라 너를 볼 때마다 잘 볶은 땅콩을 떠올리곤 했다.

　친해지기 전부터 나는 네가 텔레비전에 나오는 사람처럼 예쁘다고 생각하면서 멀리서 훔쳐보곤 했다. 너는 그걸 알지 못했겠지. 함께 이야기할 기회가 많아지자, 나는 너의 독특한 성격도 좋아하게 되었다. 성적이 썩 좋지는 않던 네가 겉보기보다 어른스럽고 영리한 사람이라는 사실이 놀라웠다. 공부 같은 건 너에게 그다지 중요한 일이 아니었나보다. 그러니까 너는 다른 사람의 시선을 별로 의식하지 않고, 감정의 변화도 거의 없는, 중학교 2학년 여학생으로서는 보기 드문 성품의 아이였다. 내가 너를 특별하게 생각하는 것만큼 너는 나를 특별하게 생각하는 것 같지 않아 섭섭한 마음이 들 때가 있었다.

언젠가 네가 나를 집으로 데려간 적이 있었다. 세검정에 있던 학교 앞에서 버스를 타고 을지로에서 내려 어디론가 한참 걸어갔다. 유리와 금속 재질의 고층 빌딩이 즐비한 지금의 을지로가 아니라, 아래층에는 철공소와 인쇄소, 허름한 식당 들이 있고 그 위로 성냥갑 같은 잿빛 콘크리트 건물이 있는 거리였다. 살림집이 있을 것 같지 않은 복잡한 골목으로 걸어들어갔다. 너는 어느 건물 앞에 멈춰 섰고, 우리는 좁고 어두운 계단을 올라갔다. 철제 책상들이 놓인 사무실을 가로질러서 빗장이 달린 견고한 철문을 열자 비로소 가구가 몇 개 놓인 살림집 비슷한 공간이 나타났다. 너와 네 가족의 거처였다. 나는 그 무렵 읽은『안네의 일기』에 나오는 숨겨진 공간을 떠올렸다.

평소처럼 너는 무덤덤하게, 별일 아니라는 듯, 어떻게 그곳에서 살게 되었는지 말해주었다. 지금 생각해보면 서글플 수도 있는 사연이었으나, 어린 나는 흥미롭게 네 이야기에 귀를 기울였다. 너는 위로 두 언니가 있는 막내딸이라 했다. 가족 앨범을 가져와 보여주면서, 둘째 언니가 가장 예쁘다, 어느 날 길에서 둘째 언니를 보고 따라온 남자가 저 철문을 쾅쾅 두드리며 행패를 부렸다고 했다. 얼마나 무서웠을까 상상하면서 한편으로는 신기해하던 내가 기억난다.

그해 겨울, 종로의 서점 앞에서 우연히 마주치고 싶었던 사람은 너였을까? 나는 낡은 수첩을 뒤져 네 전화번호를 찾아냈다. 여전히 그 집에 살고 있을까? 너는 전화를 받았다. 몇 월 며칠 몇 시에 서점 앞에서 만나자고 약속했다. 어느 대학에 진학했을까? 취직한 건 아닐까? 궁금한 게 참 많았다. 그런데 약속한 날이 다가올수록 왠지 너를 만나기가 꺼려졌다. 마침 그날 눈이 엄청 많이 내렸다. 서울 시내 교통이 마비될 정도였다. 결국 나는 약속 장소에 못 나갔다. 엉금엉금 기어가는 형색이었으나 버스가 다니긴 다녔으므로, 못 나간 게 아니라 안 나간 것이겠지. 너는 약속을 지켰을까. 그뒤 나는 너에게 연락하지 않았고, 너도 나에게 전화 한 통 없었다. 우리의 인연은 그것으로 끝났다.

나이가 들면서, 이따금 내가 놓친 인연들이 슬그머니 기억의 수면 위로 떠오를 때가 있다. 아름다운 인연이었을 수도 있고, 그렇지 않을 수도 있었을 것이다. 한때는 부끄러워 빨리 잊고자 하던 기억도 이즈음은 무덤덤하게 떠올리게 된다. 좋은 일일까? 아무려나 나는 너를 무척 좋아했고, 그래서 그날 약속을 지키지 못했다고 변명해본다. 미안하다, 여전히 열다섯 소녀인 나의 친구야. ●

사랑에 관한 궁금증

첫번째.

사랑의 놀라운 면은 세상 사람들이 좋은 사람 예쁜 사람 멋진 사람 부유한 사람 유능한 사람만 사랑하지 않는다는 것이다. 나쁜 사람 예쁘지 않은 사람 가난한 사람 이상한 사람도 사랑한다. 때로는 아주 깊이 사랑한다. 사랑은 성공이나 행복과 아무 관계가 없다는 증거 아닐까? 진심으로 사랑하는 사람에게만 허락되는 것이 자유임을 보여주는 게 아닐까?

두번째.

사랑을 시작할 때는 사랑할 수밖에 없는 셀 수 없이 많은 이유가 있다. 하지만 왜 어느 순간 '나는 네가 나를 사랑하기 때문에 사랑하고 너는 내가 너를 사랑하기 때문에 사랑하는' 순환의

오류 속으로 빠지는 것일까?

세번째.

사랑하는 대상이 특별한 것은 그 사람 혹은 사물이 나의 '진실'이라는 느낌을 주기 때문이라는 내용을 롤랑 바르트의 책에서 읽은 적이 있다. 여러 가지 해석이 가능하겠지만, 다른 이들이 나쁘다고 하는 사람을 사랑할 수는 있어도, 자기가 경멸하는 사람을 사랑하기 힘든 이유가 그 지점 아닐까? 적당한 호감이 아니라, 사랑 말이다. 사랑.

네번째.

요즘도 서로 사랑하는 사람들이 있겠지? 🍃

편의점과 여름

아침에 일어나면 유리 미닫이문을 열고 베란다로 나간다. 정면에 아파트 상가 건물이 보이고 왼쪽으로 고개를 돌리면 차단기가 오르락내리락하는 아파트 진입로가 있다. 진입로의 초입 바로 옆에 편의점이 하나 있다. 편의점 앞에는 짙은 보라색 천막이 있고 그 아래에는 나무 테이블이 놓여 있다. 꽤 추운 날만 아니면 밤에는 사람들이 그 자리에 모여 술을 마신다. 동네 사람들이거나 근처 학교 학생들이겠지 짐작한다. 거실을 침실로 쓰고 있는 탓에 자려고 누우면 말소리가 들린다. 여름이 되어 문을 열어놓으면 테이블에 앉아 서로를 부르는 이름까지 선명히 들리기도 한다. 문을 닫으면 그저 목소리의 톤이 높아졌다가 낮아졌다가 하는 것만 감지할 수 있을 뿐 내용은 알아들을 수 없다. 누워서 두런두런 들려오는 소리를 듣다보면, 바쁘고 복잡한 세상에서 나 홀로 고립된 듯한 소외감을 느낀다. 미미한 소외감이 안온한 잠을 부른다.

오늘 아침에 베란다 밖을 내다보니, 편의점 직원이 테이블을 치우고 있다. 늘 보는 풍경인데 비가 추적추적 내리고 있어서 쓰레기들을 치우는 모습이 애처롭다. 여러 상념이 스치고 지나간다. 누구는 먹고 마시며 놀고 누구는 치워야 하나. 편의점 테이블은 식당 테이블과 다르다. 꼭 있어야 하는 게 아니라 서비스 차원에서 놓아둔 것일 테다. 그런데 직원이 어질러진 테이블까지 치워야 하나. 오래전부터 세상은 그렇게 굴러가는 것인가.

식당에 가면 서빙하는 이들이 무척 바쁠 때가 있다. 그럴 때 앞접시나 숟가락 같은 것을 더 달라고 부탁하기가 미안하다. 그래서 내가 직접 주방에서 받아올 때가 있다. 그걸 보고, "미안하다고 그런 행동을 하면 여기서 일하는 사람의 일자리를 빼앗는 것이다"라고 힐난하던 사람이 있었다. 물론 각자 해야 할 일을 하는 게 당연하다. 하지만 당연함이 당연하지 않은 순간도 있다.

긴 장마였다. 비가 그치고 나니 여름은 아주 잠깐이었다. 이제 사람들은 지나간 여름에 대한 소회를 말하겠지. 역대급 장마, 역대급 더위, 역대급 태풍. 그런 말들이 등장할 것이다. 반소매 아래 드러난 팔목이 선득해서 카디건을 찾아 걸쳤다. 낮에는 햇살이 따갑겠지. 둥글게 감겨 있는 투명 테이프의 모서리를 손가

락으로 더듬어 찾듯 계절의 시작과 끝을 머뭇머뭇 감지하는 중
이다. ◖

인간관계

젖지 않고 물웅덩이를 건널 수 있는 신발을 고민한다. 손등 위의 흉터를 낯설어한다. 바람을 품어줄 나무를 심고 싶어한다. 날마다 지붕 밑에 잠자리를 만들고 현미밥을 잘 지을 궁리를 한다. 그럼에도 잡아당겨도 끊어지지 않을 거리, 두드려도 변하지 않을 굳기 같은 건, 가늠하지 말아야 한다. 그냥 모르는 척 두어야 한다.

정신승리

"새집에서 부자 되세요." 임차인으로 마지막 정산을 마친 뒤 자리에서 일어서는 순간이었다. 부동산 중개 업무를 맡아준 분이 덕담처럼 인사를 건넸다. 나도 모르게 "그럴 리가 있겠어요?"라는 대답이 튀어나왔다. 썰렁한 분위기 속에서 나는 "사업 번창하세요"라고 얼버무리며 사무실에서 나왔다. 별다른 생각 없이 건넨 말에 웃음으로 답하면 될 것을, 조금 까칠하게 굴었나 후회가 되기도 했다. 하지만 사람들이 시도 때도 없이 부자 되라는 인사말을 건넬 때마다 내 마음은 슬그머니 불편해지고 만다.

부자가 되려면 부자가 되고 싶은 욕망이 있어야 한다. 복권에 당첨되려면 우선 복권을 사야 하는 것처럼 욕망은 사람이 어떤 성취를 할지 결정하는 요인이다. 솔직히 나는 부자가 되고 싶지 않다. 사람마다 욕망이 다를 텐데, 아무에게나 부자가 되라고 하는 것은 결혼 생각이 없는 이에게 결혼하라고 하거나 별로 예뻐지고 싶지 않은 이에게 성형수술을 하라고 권하는 것과 비슷한 무례한 짓이다.

물론 욕망만으로 부자가 될 수는 없다. 부자가 되려면 그만한 능력이 있어야 하고 운도 따라야 한다. 문득 몇 해 전에 사람들을 분노케 한 '부모의 재산도 실력이다'라는 주장이 떠오른다. 국회의원 아들이 대리로 칠 년 근무한 뒤 받은 퇴직금 오십억을 굳이 떠올리지 않더라도 부자가 되려면 실로 다양한 능력이 필요함을 깨우쳐준 확인 사살, 아니 사실 확인이었다. 그런데 잠깐, 가슴에 손을 얹고 곰곰 생각해본다. 지금 나는 부자가 될 능력도 가능성도 없어서 정신승리하고 있는 건가?

알다시피 '정신승리'는 루쉰의 소설 『아큐정전』에서 유래한 말이다. 소설 속에서 아큐는 동네 건달들에게 얻어맞고도 '나를 경멸할 수 있는 제1인자는 나'이며, 거기서 경멸을 빼면 결국 '내가 제1인자'이니 자신은 승리한 것이라며 만족해한다. 자신에게 벌어진 불운이나 안 좋은 상황을 인정하고 싶지 않은 것이다. 현실을 객관적으로 인식하지 않고 회피하는 태도이다.

가장 기쁜 순간이 언제냐는 질문에 '통장에 입금되었을 때'라고 대답할 정도로 돈을 좋아하는 내가 부자가 되고 싶지 않다니, 자기기만 아닌가? 하지만 돈이라고 모두 같은 돈은 아니다. 나는 돈을 벌기 위해 무슨 짓이라도 하지는 않을 것이다. 내 목숨을 걸거나 남의 목숨을 걸지는 않을 거라는 말이다. 일주일에 백이십 시간씩 일할 생각도 없다. 일정 규모 이상의 돈은 그 자체가 권력이기도 하지만, 그런 돈을 벌려면 권력과 밀접하게 연관되어 있어야 한다. 그에 비하면 평범한 사람들이 생계를 이어가는 데 필요한 돈은 너무 사소해서 귀엽게 느껴질 지경이다. 나는 귀여운 돈을 좋아할 뿐이다. 어쩌면 부동산 중개인이 부자 되시라고 말한 것은 의식주를 해결하는 데 문제가 없는 안락한 삶을 살기를 바란다는 의미였을지도 모른다.

하지만 지금 이곳에서의 가난은 결핍이나 부족의 문제가 아니다. 그보다는 오히려 경멸과 굴종을 오래 견디도록 만드는 장치다. 한 가닥 밧줄에 매달려 고층 빌딩의 유리창을 닦으라는 말을 들어도, 숙련된 잠수부가 아닌 일개 실습생이 홀로 배 밑바닥 청소를 하라는 지시를 받아도, 감히 목숨 걸고 그 일을 할 수 없다는 의사 표현조차 불가능하게 만든다. 하라는 대로 하지 않으면 가난해진다는 치밀한 세뇌와 압박이 성행하는 세상이다. 사람들은 서로에게 부자가 되라고 덕담하지만 어차피 부자가 되지 못한다는 것을 안다. 그래도 혹시 부자가 될 수 있을지도 모른다는 미혹 속에서 '부자가 되자'라는 주문을 외우며 구조의 톱니바퀴 밖으로 아무도 빠져나가지 못하도록 서로 독려하고 있다.

아무리 생각해봐도 나는 부자가 되고 싶지 않다. 그러나 부자가 되고 싶지 않다고 말할 때 나는 경멸과 굴종을 얼마든지 견딜 수 있다고 말하는 셈이 된다. 정신승리일 뿐이다. 그래도 어쩔 수 없다. 나는 아큐다. 🍃

잠과 꿈

낮 동안 여러 차례 쪼개서 잠이 오고 밤이 되면 잠이 달아난다. 한 시간 전쯤 잠들었다가 다시 깼다. 리무진 택시를 타고 이리저리 돌아다니는 꿈을 꾸었다. 꿈속의 나는, 나라는 느낌이 너무 헐거워서 서글픈 사람이었다.

새벽 두시쯤 항상 눈이 떠진다. 열려 있는 창문으로 바퀴 달린 소리가 굴러와 내 몸을 레일삼아 달려가기라도 하는 것인가. 어둠 속에서 눈을 뜬 사람은 나인 것 같기도 하고 아닌 것 같기도 하다. 나일지도 모르는 이 사람은 누구인가. 여기는 어딘가. 떠오를 때까지 잠시 멍하고 있었다. 영영 생각이 안 나면 나는 내가 아닌 건가. 혹시 아직도 그러고 있는 건가. 아무도 아닌 무엇인 채 살고 있는 건가.

다시 잠들었다가 눈 오는 꿈을 꾸었다. 친구 집에 가서 창밖을 내다보다가 눈이 내리기 시작하는 순간을 목격했다. 나무들 사이의 빈 땅에 눈이 쌓이는 것을 한참 바라보다가, 너무 많이 쌓이기 전에 집에 돌아가야겠다고 생각했다. 어디선가 하얀 개가 달려나와 짖었다. 잠이 깨자, 돌아갈 집이 없다는 느낌이 희뿌옇게 밀려왔다.

오늘 낮에 읽은 건데, 잠을 토막토막 자고 신경이 예민해지는 건 칼슘 부족이라고 한다. ◗

구더기

전철 승강장에 세워놓은 그 방어벽 같은 거 있잖아. 철로에 뛰어들지 못하게 막는 강화 플라스틱 벽 말이야. 거기에 비치는 내 모습을 오래 바라보았어. 하얗고 펑퍼짐한 치마를 입고 있었지. 언제부터인가 청바지는 안 입어. 못 입어. 문득 오랜만에 나를 만난 네가 보일 듯 말 듯 웃음 섞어 하던 말이 기억나. 이제부터 체중 관리해야겠어. 운동해야지, 나잇살이라는 게 있잖아.

　네 말은 마음에 작은 흠집을 남겼어. 나는 그 속에 작고 희고 동그란 알들을 슬었어. 마침내 알처럼 희고 통통한 구더기들도 태어났지. 흠집은 덧난 상처가 되었고. 여기까지 생각하다보니 언젠가 내가 네 마음에 낸 흠집이 있을 것이고 거기에도 알이 슬었을 것 같더라고. 괜찮아. 구더기는 고름을 빨아먹는데. 그러니 우리 둘 다 좀 놔뒀다가 적당한 때 구더기를 잡으면 되겠다.

그러면 우리는 서로를 잊거나 아니면 서로의 날 선 말들을 잊을
수 있을 거야.

그게 언제일까, 내가 체중 관리할 마음을 먹을 때?

회복기의 아침

 아침에 일어나니 몸이 가뿐하다. 오랜만에 긴 시간 푹 잤다. 새벽에 한 번 잠이 깬 듯했지만 쉽게 다시 잠들었다. 우리집은 산 바로 밑에 있는 아파트라 밤에는 제법 서늘한 바람이 불곤 한다. 그러니 그동안 열대야 때문에 숙면하지 못한 건 아니다. 두 달 전에 손목 관절을 다쳐 금속 핀을 집어넣는 수술을 했다. 한동안 부목 역할을 하는 보호대를 차고 지내야 해서 잠을 설쳤다. 보호대를 벗은 뒤에도 손목에 미미한 통증이 있었다. 낮에는 잊고 지내다가 밤이 되면 예민해져서 통증이 거슬렸다. 몇 달 동안 잠을 제대로 푹 못 잤다. 지난밤에는 그래도 자주 깨지 않고 잘 잘 수 있었다. 손목 부상이 한결 회복된 증거 같아서 좋다.

 두번째 창작집을 펴낸 기념으로 북토크 행사를 한 날 손목을 다쳤다. 보통 그런 자리에는 책을 읽지 않은 참석자들이 더 많다. 그러다보면 책의 내용과 크게 상관없는 사적인 질문과 답으로 시간을 보내기 마련이다. 그러나 그날은 조금 달랐다. 참석한 이들 대부분이 책을 읽고 와서 진지한 이야기를 나누었다. 충만하고 기쁜 마음으로 행사를 끝냈다. 그러고 나서 행사장 뒷정리를 거들고 있었다. 손이 닿지 않는 높은 위치에 붙은 포스터를 떼려고 의자 위에 올라갔다가 그만 중심을 잃고 떨어졌다.

다행히 주위에 사람이 여럿 있어서 곧 119를 호출했고 빠르게 응급실에 도착했다. 여러 검사를 한 뒤 진료실에 들어가 의사 앞에 앉았다. 의사는 모니터에 뜬 나의 엑스레이 사진을 살펴보더니 수술해야 한다고 말했다. 단순히 깁스만 하면 될 거라 예상했기에 나는 놀라서 이유를 물었다. 의사가 차트에 적힌 내 나이를 슬쩍 보더니 대답했다. 아직 손목을 이십 년은 더 쓰셔야죠. 그때 머릿속에 두 가지 생각이 떠올랐다. 수술을 안 하면 손목을 못 쓰게 되나, 칠십이 넘은 사람이라면 수술을 안 해도 된다는 건가.

곰곰 생각해보면 의학이 발달하지 않은 시절에는 뼈를 다치는 것이 지금보다 훨씬 더 심각한 문제였을 터이다. 어린 시절에 살던 동네의 골목 어귀에서 접골원이라는 간판을 본 기억이 있다. 무슨 의미인지 몰라 어른들에게 물어보니, 어긋나거나 부러진 뼈를 손으로 맞추는 곳이라 했다. 그러니 아무리 옛날이라고 해도 사람들의 경험에 따라 부목을 대는 응급처치 정도는 했을

게 틀림없다. 1900년대 초반의 우리 근대소설 속에서 '누구누구의 어머니가 낙상하여 다친 뒤 팔을 쓰지 못하게 되었다'라는 내용을 읽은 기억도 있다. 그래서 사주팔자를 풀 때 몸에 칼을 댄다든가, 뼈가 부러진다든가 하는 것을 심각한 재앙으로 언급하는 것 같다.

병원에 입원하고, 수술받고, 마취가 풀리는 힘든 과정을 겪으면서, 현대 의학과 의사, 간호사의 존재에 감사하는 마음이 저절로 뭉클 솟을 때가 많았다. 경험하기 전에는 잘 몰랐으나, 금이 간 뼈를 쇠붙이로 연결하는 일에는 당연히 큰 고통이 따랐다. 마취가 풀리는 시간 내내 그야말로 뼈를 깎는 통증에 시달렸다. 조금씩 강도를 높여 투여하는 진통제가 없었더라면 어떻게 견뎠을까. 한밤중에 한두 시간마다 호출해서 아프다고 호소하는 환자를 담담한 태도로 대해준 간호사 선생에게도 정말 고마웠다. 그나마 시간이 흘러 통증이 어느 정도 진정된 뒤에 든 생각이었지만.

퇴원하고 집에 왔으나, 오른팔을 전혀 쓸 수 없으니 난감했다. 아침 일찍 출근해서 저녁 늦게 퇴근하는 식구를 붙들고 밥을 차려 내라고 할 수는 없는 노릇이었다. 조리 과정이나 설거지가 필요 없는 김밥, 샌드위치, 떡 등으로 끼니를 대충 해결했다. 이따금 전화나 문자로 안부를 묻는 친지들은 염천에 고생이라는 위로의 말 뒤에 으레 밥은 어떻게 먹느냐, 뼈가 잘 붙으려면

2부 마음

영양가 있는 음식을 먹어야 하는데, 라는 걱정을 덧붙였다. 몇몇 친구들은 직접 식재료를 들고 집으로 찾아왔다. 며칠 간격으로 한두 명씩 짝을 이루어 찾아온 친구들은 차례로 냉면, 닭볶음탕, 파스타를 만들어 먹여주었다. 평소에는 엄두를 못 낸 다디단 케이크와 수박을 함께 나눠 먹기도 했다.

몸은 참으로 신기해서 시간이 흐르면 상처가 아물기 마련이다. 부러진 손목이 조금씩 회복되면서 운동삼아 아침저녁으로 동네 공원을 한 바퀴 걷는 일상을 다시 시작했다. 검정색 손목 보호대를 하고 돌아다니다보면, 다가와서 말을 거는 사람들이 늘 있다. 예외 없이 할머니들이다. 왜 어떻게 다쳤는지, 다친 지 얼마나 되었는지, 핀을 넣는 수술을 했는지 붙잡고 반드시 묻는다. 대부분 손목을 다친 적이 있는 분들이다. 할머니들 말씀에 의하면 깁스를 풀고 나서도 최대 육 개월쯤 막대기처럼 뻣뻣해서 내 손이 아닌 듯 느껴진단다.

십여 년 전에 양쪽 손목 모두 골절상을 입어서 고생이 막심했다는 경험담을 들려준 할머니가 있었다. 그런데 등산용 스틱을 짚고 땀을 뻘뻘 흘리면서 긴 사연을 풀어놓던 할머니가 덧붙였다. 내가 몇 달 전에 여기, 척추가 부러졌잖아. 그때는 정말 죽을 뻔했어. 나는 놀라서 물었다. 어쩌다가요? 할머니가 씩 웃으면서 대답했다. 비 오는 날 산에 올라가다가 미끄러졌어. 오늘도 답답해서 저기 깔딱고개까지 올라갔다가 6단지로 해서 한 바퀴 돌고 오는 중이야. 할머니와 헤어져 돌아오면서 감탄했다. 오, 정말 대단하신 분!

생각해보면 낯선 사람을 붙들고 골절 경험을 상세히 이야기해주는 이들도 고마운 존재다. 그들이 없었다면 나같이 쓸데없는 걱정에 자주 빠져드는 사람은 깁스를 풀고 나서도 팔을 움직이기 힘들면 분명 뭔가 잘못되었다고 생각할 게 틀림없다. 멀리서 다가와 다짜고짜 질문 공세를 퍼붓고 물어보지도 않은 말을 해주는 할머니들이 고맙다. 오지랖이라고 불리는 행동에도 사회적 가치가 있음을 깨닫는다.

최근에 우스갯소리로 사람들에게 자주 하는 말이 있다. 난 이제 뼈만 안 부러지면 행복해요. 게다가 손가락도 제자리에 붙어 있어 다시 글을 쓸 수 있으니, 천국이 따로 없어요. 다치고 나서 점점 몸이 회복될 때 그런 생각을 자주 했다. 행복이란 아무 일 없이 무탈하게 사는 것. 몸과 마음이 바른 자세를 잃지 않게 조심조심 사는 것. 🌰

상자

소박하고 특별한 장식이 없는, 형태와 질감만으로 아름다운 나무상자를 하나 가졌으면 좋겠다. 나에게 가장 소중한 것을 넣어둬야지. 생각하다가, 갑자기 깨달았다.

그렇다면 그것은 나의 유골함이겠군.

3부

여행

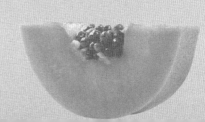

아쉬람

1989년 11월, 당시에는 봄베이라 불리던 뭄바이 공항 활주로에
내려섰다. 청사와 연결된 브릿지나 승객을 싣고 갈 버스는 보이
지 않았다. 새벽 두시가 좀 넘은 시각이었다. 심호흡을 하자, 뜨
겁고 메마른 공기가 폐 속으로 흘러들어왔다. 활주로 곳곳에 총
을 들고 연갈색 제복을 입은 사람들이 서 있었다. 저멀리 군데
군데 불이 켜져 있는 공항 청사 건물은 마치 전쟁영화 속에 나오
는 포로수용소 같았다. 비행기에서 내린 열 명 남짓한 승객들이
건물을 향해 걷기 시작했다. 나는 서둘러 그들의 대열에 끼어들
었다.

　입국심사를 마치고 짐을 찾아 공항 로비로 나왔다. 유리 출입
문 밖을 내다보니 사람들이 구름떼처럼 모여 있었다. 붉은 잇몸
과 흰 치아를 거침없이 드러내고 있는 사람들이었다. 폭동이라

도 일어난 것일까? 그들은 무엇인가를 갈구하듯 팔을 휘저으며 하얀 손바닥을 내밀어 보였다. 총을 멘 경찰들과 굵은 쇠사슬이 나와 그들 사이를 가로막고 있었다. 곧 그들이 누구인지, 무엇을 원하는지 깨달았다. 구걸하는 사람들이었다. 그토록 많은 사람이 한꺼번에 구걸하는 모습을 전에는 본 적이 없었다. 밖으로 나갈 엄두가 나지 않았다. 어떻게 해야 하나? 외면하고 지나쳐야 하나? 돈을 주어야 하나? 머릿속에서 수없이 많은 질문이 오고 갔다.

나는 깨달은 사람으로 한국에서 꽤 알려져 있던 이의 아쉬람을 찾아가는 길이었다. 인도는 나에게 명상의 나라였고, 실제로 만나 가르침을 들을 수 있는 구루가 살고 있는 나라였다. 나는 세상 어느 곳에도 가고 싶지 않았으나, 인도에는 가고 싶었다. 다른 무엇도 하고 싶지 않았으나, 명상만은 하고 싶었다. 인도에만 가면, 인도에 가서 명상이라는 걸 하면, 나의 모든 문제가 해결될 것 같았다. 이십대 초반부터 나를 괴롭히던 혼란과 무기력을 벗어날 수 있을 것 같았다.

공항 문밖으로 나오자, 자동차 소음과 호루라기 소리로 정신을 차릴 수 없었다. 무작정 앞에 가는 사람들을 따라 걸었다. 마침내 릭샤를 타려고 길게 서 있는 줄에 이르렀다.

도메스틱. 도메스틱 에어포트? 피프틴. 피프틴? 오케이. 짧은 흥정이 오고간 뒤, 릭샤는 공항을 빠져나갔다. 공항 주변의 큰 도로를 벗어나자 갑자기 주위가 적막해졌다. 릭샤는 가로등도 없는 좁고 울퉁불퉁한 도로로 접어들었다. 길 양쪽에는 마치 영화 세트 같은 움막들이 어둠 속에 줄지어 서 있었다. 거적과 골판지상자, 슬레이트 따위를 누더기처럼 잇대고 덧대어 만든 것들이었다. 어디서부터가 벽이고 어디서부터가 지붕인지 알 수 없기에, 도저히 집이라고 부를 수 없는 구조물들이었다. 움막과 움막은 쓰러질 듯 위태한 모양새로 간신히 서로를 의지한 채 도로를 따라 끝없이 이어졌다. 동물원 우리에서나 날 법한 홍건한 배설물 냄새가 릭샤 안으로 흘러들어왔다.

한국에서 나는 여러 형태의 '집'을 보았고 또 경험했다. 내가 아는 집, 그 안의 삶이란 한 줌의 따스함에 기댄 서러움, 혹은 팍팍함으로 표현될 수 있는 것들이었다. 하지만 지금 내 눈앞에 펼쳐지는 움막들 안의 삶은 눈물 몇 방울로 지워지는 애환 따위로는 쉽게 설명될 것처럼 보이지 않았다. 어떤 이름도, 어떤 형용사도 이 절대적 결핍의 광경에 비하면 너무 모호하고 안이했다. 덜컥 겁이 났다. 소리를 지르고 싶기도 하고 울고 싶기도 했다. 나는 왜 여기까지 왔을까. 무엇을 위해 이 황폐한 시공간 속을 달려가고 있는 것인가. 명상? 마음의 평화? 깨달음? 웃기고 있네! 누군가가 마음속에서 비웃고 있었다. 첫 대면부터 인도는 어리광이나 엄살이 아닌 진짜 날것의 고통이 무엇인지 적나라하게 보여주었다.

아침 아홉시가 넘어서 인도의 국내선 비행기에 올라탔다. 한 시간 뒤 아쉬람이 있는 도시에 내렸다. 공항에서 시내로 들어가는 길은 깔끔한 아스팔트로 포장되어 있었고, 길 양쪽에는 이름 모를 하얀 꽃들이 만발한 가로수가 줄지어 서 있었다. 해발고도가 꽤 높은 지대에 자리잡은 도시라 공기가 서늘하고 쾌적했다. 창밖에 펼쳐지는 세상은 모든 게 낯설었다. 길가에서 어슬렁거리는 검은 소, 몸에 천을 칭칭 감은 듯한 옷을 입은 여자들, 알록달록 색칠한 것도 모자라 꽃까지 달고 달리는 트럭들, 알 수 없는 글씨의 간판들, 역동적이고 위풍당당한 모습의 나무들, 햇살의 질감까지. 낯선 외계에 떨어진 느낌이었다. 이곳은 이제까지 내가 살아온 세상과는 다르다. 이곳 사람들은 나의 시선과는 다르게 길들인 시선으로 서로를 바라보고 있을 것이다. 아침 햇살 속을 달려가는 릭샤 속에서 나는 그런 생각에 잠겼다.

물어물어 찾아간 아쉬람은 입장료를 내야 들어갈 수 있었다. 값비싼 입장료 때문인지, 한때 인도 대학의 철학 교수였던 구루가 인도보다는 서양에 더 많이 알려져 있었기 때문인지, 아쉬람 안에는 인도인들보다 금발의 서양인들이 더 많았다. 입장료를 내고 들어가면 거대한 천막 아래 흰 대리석이 깔린 넓은 명상 홀에서 새벽부터 오후 늦게까지 하루종일 명상 프로그램에 참가할 수 있었다.

아쉬람에서 대여섯 명 남짓한 한국인을 만났다. 인도로 여행을 와서 여기저기 돌아다니다 아쉬람까지 오게 되었거나, 나처럼 한국에서 오직 구루를 만나겠다는 일념으로 아쉬람을 찾은 사람들이었다. 한국인끼리 모여 밥이라도 먹다보면 자연스레 우리는 왜, 어떻게 여기까지 오게 되었나 이야기하곤 했다.

"난 항상 내가 누구인지 몰라서 힘들었어요. 난 조선 사람도 아니고 일본 사람도 아니었어요. 나의 부모는 조총련계라 귀화를 하지 않았지만 나는 일본인 학교에 다녀야 했어요. 내 이름은 성수性秀인데 일본 사람들은 이름에 性 자를 쓰지 않아요. 나는 그것 때문에 심하게 놀림을 당했어요."

그는 재일교포 청년이었다. 우리말이 능숙하지 않았고, 주로 일본인들과 어울려 다녔지만, 이따금 한국인들의 모임에 끼어들기도 했다. 그는 정체성에 대한 고민의 답을 구하기 위해 구루를 찾았다고 했다.

또 한 사람, 수염과 머리를 길게 기르고 인도인과 같은 옷을 입고 다니던, 나이를 짐작할 수 없는 한국 남자가 있었다. 그는 늘 말이 없었고, 사람들과 잘 어울리지 않았지만, 누군가 한국 음식을 만들었다고 하면 슬며시 나타나 같이 밥을 먹고 잠시 이야기를 나누다 사라지곤 했다. 사람들은 그가 특별한 사연 때문에 귀국할 수 없는 일종의 망명객 같은 사람이라고 했다. 나중에 직접 들은 이야기로는 5공화국 시절에 학생운동을 하던 그는 시국 사건으로 잡혀가 고문을 당하고 복역까지 했으나 10·26 이후에 풀려났다고 했다. 미국으로 이민 간 여자친구와 결혼해서 도망치듯 한국을 떠났고, 그뒤에 홀로 남미와 유럽, 인도를 떠돌아다니며 정신적인 스승들을 만났다고 했다.

한국에서 요가 학원을 운영하다가, 요가를 더 깊이 배우기 위해 인도에 왔다는 사십대 중반의 남자도 있었다. 그는 한국에 돌아가면 이곳 아쉬람에서 하는 명상 프로그램을 가르치는 명상 센터를 만들고 싶다고 했다.

"리시케시를 비롯해 여러 군데 아쉬람에 있어봤지만, 여기 같은 곳은 없어요. 이렇게 수도꼭지에서 정수된 물이 콸콸 나오다니요. 서양 사람들이 갖고 다니는 여행안내 책자에는 인도에서는 수돗물을 그냥 먹으면 죽을 수도 있다고 적혀 있어요. 일곱 걸음을 걸어가기도 전에 쓰러져 죽는다나? 하지만 나는 델리의 게스트하우스에서도 수돗물을 그냥 먹었어요. 아무튼 여기는 인도가 아니에요. 대리석이 깔린 산책로, 에어컨, 커피숍……여기는 서양인들을 위한 명상 리조트예요. 여기에만 있으면 진짜 인도를 알 수 없어요."

납득이 가는 말이었다. 아쉬람 정문을 나서기만 해도 흙먼지에 페트롤 냄새, 쓰레기로 뒤덮인 거리, 동전 한 닢을 구걸하며 끈질기게 따라오는 맨발의 어린아이들로 가득찬 전혀 다른 세상이 펼쳐졌다.

"오백 미터도 안 되는 거리를 롤스로이스를 타고 다니고, 팔뚝에는 롤렉스시계를 대여섯 개씩 차고 나타나는 사람이 영혼의 스승이라는 게, 솔직히 이해가 갑니까? 아쉬람 밖에서는 사람이 굶어 죽어가고 있는데."

그에게는 롤스로이스와 롤렉스시계가 가장 큰 문제였을까?

나는 구루를 처음 친견하던 날 밤을 떠올렸다. 흰옷을 입은 수백 명의 사람들이 노래하고 춤추고 환호했다. 그 가운데서 나는 얼어붙은 듯 앉아 있었다. 물과 기름처럼 사람들 속에서 겉도는 느낌. 나에게는 그리 낯설지 않은 느낌이었다. 어린 시절부터 스무 살 넘어 어른이 될 때까지 집에서나 학교에서나 어디에서나 나는 언제나 내 자리가 아닌 곳에 있는 것 같았다.

구루가 나타날 시간이 다가오자, 홀 안에 울려퍼지던 북소리가 점점 더 빨라졌다. 사람들의 환호성도 점점 더 높아졌다. 마침내 문이 열리고 반짝이는 로브를 걸치고 털모자를 쓴 구루의 모습이 나타났다. 그가 홀의 중앙에 자리잡은 단 위로 천천히 걸어나왔다. 사람들이 목이 메어 구루의 이름을 소리쳐 불렀다. 그가 의자에 앉아 침묵에 들어가자, 환호하던 사람들도 순식간에 조용해졌다. 긴 침묵이 시작되었고 나도 눈을 감고 호흡을 지켜보았다.

구루와의 친견 시간이 끝나면 사람들은 진정한 내면의 고요를 경험했다든가, 영혼이 정화되는 것을 느꼈다든가, 스승과의 합일을 체험했다든가 그런 말들을 하곤 했다. 나 또한 무엇인가 달랐다는 느낌은 있었다. 혼자 앉아서 호흡을 지켜볼 때와는 달리 마음은 쉽게 잠잠해졌고, 구름 위에 떠 있는 듯 몸이 가벼워졌다. 그것은 구루의 힘일 수도 있고, 한꺼번에 수백 명의 사람들이 고요히 앉아 있는 힘일 수도 있었다. 그렇지만 언제나 내 마음 한구석에는 완전히 풀어지지 않고 단단히 뭉쳐 있는 내가 있었다. 사람들 사이에서 춤을 추거나, 환호성을 지르거나, 침묵 속에 고요히 앉아 있는 것이 더는 어색하지 않아졌을 때도, 고개를 저으며 지켜보는 내 안의 나는 사라지지 않았다.

사람의 마음이란 매우 간교한 것이어서 명상한다고 앉아 있다보면 수없이 많은 환각을 경험한다. 마음은 침묵과 공백을 견디지 못하기 때문에 아름답고 신비한 감각을 마치 현실처럼 생생하게 만들어낸다. 그러나 눈을 감고 앉아서 온갖 아름다운 경험을 한다고 해도, 눈을 뜨고 일어나보면 막상 달라진 것은 별로 없었다. 쾌적하고 안락한 구루의 아쉬람을 벗어나면, 마음의 평화니 하는 건 곧 까맣게 잊었다. 릭샤 왈라와 얼마 안 되는 요금을 두고 다투고, 비쩍 말라 뼈밖에 안 남은 아기를 안고 구걸하는 여인을 보면서 기를 형편도 안 되면서 아기는 왜 낳았을까, 따위의 냉담한 태도가 나왔다.

아쉬람에서 한번 명상에 빠져든 사람들은 한국에 돌아가지 않으려 애를 썼다. 돈이 떨어지면 한국까지 가서 '방'을 빼서 다시 돌아오는 사람들도 있었다. 명상해서 이런저런 체험을 하고 그래서 자신은 전혀 다른 차원의 사람이 되었고, 이런저런 능력이 생겼다고 설명했다. 하지만 그들은 모두 한국에 돌아가는 것을 두려워했다. 막상 한국에 돌아가면 모든 것이 원점으로 돌아간다는 사실을, 애써 외면하려 해도 그것이 결국은 마지막으로 대면해야 할 진실임을, 그들도 알고 있기 때문이었을까?

나 역시 돌아가고 싶지 않았고, 돌아가지 않으려 애썼지만, 결국은 돌아가야 했다. 내가 태어난 땅, 내가 속한 현실이 있는 땅으로 향하는 비행기 안에서 떠올린 것은 인도의 성자인 라마나 마하리쉬의 이야기였다.

한 청년이 라마나 마하리쉬가 깨달음을 얻었다는 소식을 듣고 찾아와 물었다.

"가지고 계신 것을 저에게 줄 수 있습니까?"

라마나 마하리쉬가 아무 대답도 하지 않자, 청년은 다시 물었다.

"무엇을 가지고 계신지 모르지만, 그것을 저에게 줄 수 있습니까?"

그러자 라마나 마하리쉬가 대답했다.

"그럼. 줄 수 있지. 하지만 자네가 그것을 받을 수 있을까?"

인도는 줄 수 있었을지 모르지만, 내가 그것을 받을 수 없었을지도 모른다. 또는 모든 깨달은 이들이 말하듯이, 그것은 이미 내 안에 있는지도 모른다.

향수병

1990년 시월의 어느 날 오후에 나는 뭄바이에서 오백 킬로미터
쯤 떨어진 푸네라는 도시의 한복판을 걷고 있었다. 거리는 페트
롤 냄새와 경적소리로 가득차 있었고, 나는 자꾸만 안아달라고
보채는 세 살배기 아들을 달래고 어르면서, 또는 짜증을 내면서
걷게 하려고 애쓰고 있었다.

그때 몇 걸음 앞에 잿빛 가사를 입은 승려 두 명이 나타났다.
기껏해야 삼십대 초반쯤 되어 보이는 젊은 스님들이었다. 아시아
의 다른 나라 승려들은 황금색이나 주황색 같은 화려한 색채의
승복을 입는다는 것을 알고 있었기 때문에 나는 그들이 한국인
임을 곧 알아차렸다. 그들도 내 앞에서 잠시 멈칫하는 듯싶었다.
낯선 곳에서 외롭게 지내던 나는 반가운 마음이 앞서 여행지에
서는 금기일지도 모르는 말을 꺼냈다.

"혹시 한국 분들 아니세요?"

스님들은 그렇다고 하면서, 당신들도 내가 한국 사람일지 모른다는 생각이 들었다고 덧붙였다. 우리나라에 아직 인도 여행 열풍이 불기 전이라, 그 무렵 인도에서 마주치는 동양인은 일본 사람인 경우가 대부분이었다. 혼자 아들을 돌보는 게 지루해서 무작정 거리 구경을 나온 나는 마침 점심 먹으러 들어갈 식당을 물색하는 중이었다. 스님들에게 점심식사 대접을 하고 싶다고 청했고, 근처에 있는 중국 식당에 같이 가게 되었다. 우리는 베지터블 완톤 수프, 베지터블 차우차우 같은 낯선 이름의 음식을 함께 먹었다. 헤어지면서 우리 가족이 머물고 있는 집 주소를 알려주었다. 한국 음식이 먹고 싶으면 아무때나 오라고 당부했다.

며칠 뒤에 정말로 스님들이 우리집에 찾아왔다. 푸네대학에서 공부하고 있는 한국 학생 두 명이 동행했다. 집에서 담근 양배추김치와 된장찌개로 간단한 저녁을 지어 먹었다. 밥을 먹고 나서 스님들이 가져온 차를 마시며 불교와 명상, 그리고 사이비 종교의 교주쯤으로 오해받고 있는 라즈니쉬에 관한 대화를 나누었다. 그러다가 스님 한 분이 해인사에서 행자 생활하던 경험을 이야기했다.

'어느 겨울에 만삭인 여신도 한 분이 기도를 드리러 왔다가 갑자기 예정보다 이른 출산을 하게 되었다. 한밤중에 일어난 일이라, 황급히 의사를 부르러 보냈지만, 결국 절에 있는 보살님들이 아기를 받게 되었고, 갓 행자 생활을 시작한 내가 옆에서 도왔다. 처음부터 끝까지 그 과정을 지켜보게 되었는데, 그 무렵의 나에게는 큰 충격이었다. 이후에 생과 사에 대한 마음의 번뇌가 너무 커져서 출가를 포기할까도 생각했다.' 천천히 나직나직 말하던 스님의 목소리가 기억에 남았다.

몇 달이 흘렀고, 우리 가족이 한국으로 돌아갈 날짜가 잡혔다. 푸네를 떠나기 바로 전날이었다. 짐을 싸고 청소하느라 바쁜데 누군가가 초인종을 눌렀다. 나가보니, 해인사에서 행자 생활을 했다던 스님이었다. 혹시 한국 음식 생각이 나서 온 건가 싶어 내일 푸네를 떠난다는 말부터 꺼냈다. 스님은 알고 있다고, 우리 가족이 인도를 떠난다는 소식을 듣고 왔다고 했다. 그러더니 잠시 아무 말 없이 문 앞에 서 있었다. 바쁜 와중이었으나 나는 차 한잔 마시러 들어오지 않겠느냐고 권할 수밖에 없었다. 그러자 스님은 "아닙니다, 이제 됐습니다" 하더니 몸을 돌려 계단을 내려갔다.

한 번 더 붙잡아야 하나 망설이고 있는데, 내 다리를 붙잡고 서 있던 아들이 현관 밖으로 튀어나가려 버둥거렸다. 나는 서둘러 문을 닫았다. 떼를 쓰며 울기 시작한 아이를 안아올리자, 갑자기 내일이면 한국에 돌아간다는 안도감이 몰려왔다. 오래도록 깨닫지 못하고 있었다. 낯선 곳이기에 일어나는 감정과 벌어질 수 있는 일을 겪으며 힘들어하고 있었다는 것을. 하루라도 빨리 집에 돌아가고 싶었다는 것을. 기별도 없이 찾아와 잠시 문 앞에 섰다가 가버린 젊은 스님의 마음을 나는 그렇게 헤아릴 수 있었다. 🌰

1989년, 인도

인도의 푸네시에서 뭄바이까지 혼자 기차를 타고 가야 했다. 아쉬람에 한 달 정도 머무른 뒤, 귀국하는 길이었다. 최종 목적지는 뭄바이 외곽의 국제공항이었다. 푸네역에서 AC 2등칸에 올라타 자리를 잡고 보니, 객차에는 나를 제외하고는 여자 혼자 앉은 사람이 하나도 없었다. 외국인도 나 혼자였다. 인도의 기차에는 여성전용칸이 따로 있다는 사실을 나중에야 알았다. 기차는 예정된 시각을 한참 지나서 역에 도착했음에도 미적미적 출발할 기미를 보이지 않았다. 나이를 짐작할 수 없는 작고 깡마른 소년이 통로를 오가며 간식과 음료수, 잡지 따위를 팔았다. 두세 번 옆을 지나치던 소년은 갑자기 나에게 다가와 표지에 반라의 여성이 웃고 있는 잡지를 들이밀었다. "헤이, 섹시 베이비? 유 원트?"

낯선 나라에서 처음으로 혼자 먼 길을 가는 참이라 나는 잔뜩 긴장한 채 배낭을 끌어안고 앉아 있었다. 잡지를 받을 손도 없었다. 나는 말없이 소년을 노려보았다. 혼자 여행하는 외국인 여성에 대한 인도인들의 편견은 익히 들어서 알고 있었다. 게다가 내가 머물던 푸네의 아쉬람은 수상한 구루에 대한 미심쩍은 소문이 도는 곳이었다. 소년은 잡지를 거둬들이고 사라졌고, 마침내 기차가 출발했다. 나는 배낭에서 책을 꺼내 읽기 시작했다. 푸네의 서점에서 산 라마나 마하리쉬의 전기였다.

맞은편에는 중산층처럼 보이고 부부임이 틀림없는 중년 남녀가 나란히 앉아 있었다. 남자 쪽에서 나에게 영어로 말을 걸었다. 어디로 가느냐. 뭄바이로 간다. 어느 나라 사람이냐. 한국 사람이다, 오늘밤 한국으로 가는 비행기를 탈 것이다. 당신이 읽고 있는 책의 주인공인 라마나 마하리쉬는 진정한 성자이다, 그러나 라즈니쉬는 사기꾼이다. 나는 딱히 할 말이 없어서 그저 고개를 끄덕였다. 그는 말을 이었다. 뭄바이에는 아마도 자정 넘어 도착할 텐데 여자 혼자 역에서 택시를 타는 것은 위험하다. 우리가 택시를 잡아주겠다. 그의 제안에 나는 고맙다고 말했다.

다섯 시간이 흐른 뒤 뭄바이의 다다르역에 도착했다. 택시를 잡아주겠다고 하던 중년 부부는 엄청난 인파 속으로 자취를 감춰버렸다. 택시 서는 곳을 찾아 우왕좌왕하고 있는 나에게 누군가가 다가와 공항까지 가는 택시를 불러주겠다고 했다. 나는 그가 택시를 잡아주고 돈을 요구하리라는 것을 예상했으나, 그렇게 해서라도 빨리 복잡한 상황을 빠져나가고 싶었다. 그러나 예상치 못한 일이 일어났다. 택시 뒷좌석에 내가 올라타자, 나를 안내한 사람도 앞문을 열고 조수석에 앉았다. 겁이 덜컥 났지만, 차분하고 의연한 표정을 지으려 애쓰며 앉아 있었다. 조수석에 앉은 사람은 연신 뒤돌아보면서 말을 붙였다. 나를 '마이 프렌드'라고 불렀다. 그러면서 인도 루피가 얼마나 남았느냐고 물었다. 자기에게 달러가 있으니 좋은 환율로 바꿔주겠다고 했다. 나는 공항세 낼 돈밖에 없다고 대답했다. 그러자 그는 미소 지으며 말했다. "마이 프렌드, 어제 갑자기 공항세가 올랐어. 달러를 주면 루피로 바꿔줄게." 나는 현금은 하나도 없고, 여행자수표만 있다고 짧게 대답했다.

그때 택시가 공항 진입로 입구에 있는 주유소로 들어갔다. 조수석에 앉아 있던 사람이 나에게 기름을 넣어야 하니 택시비를 미리 달라고 했다. 겁을 먹고 있던 나는 순순히 돈을 내주었다. 그러자 돈을 받고 그가 내렸다. 나는 비로소 긴장을 풀 수 있었다. 택시가 공항으로 들어가 출국장 문 앞에 섰다. 내가 내리려고 하니, 운전기사가 요금을 달라고 했다. 아까 주유소에서 이미 돈을 주지 않았느냐고 했더니, 기사는 커미션, 커미션, 이라고 되풀이해서 말했다. 택시를 잡아준 사람의 몫이라는 의미 같았다. 나는 못 들은 체하고 배낭을 챙겨 후다닥 택시에서 내렸다. 운전기사가 따라 내려서 나를 못 가게 막았다. 나는 재빨리 주위를 둘러보았다. 저 앞쪽에 경찰들이 서 있는 게 보였다. 나는 운전기사를 밀치고 "폴리스! 폴리스!"라고 외치며 달려갔다. 운전기사는 따라오지 않았다. 황급히 택시를 몰고 가버렸다.

두근거리는 가슴을 진정시키면서 청사 안으로 뛰어들어갔다. 솔직히 역에서 만난 삐끼 같은 사람은 덩치가 크고 느물거리는 스타일이라 겁을 잔뜩 먹었다. 하지만 운전기사는 왜소한 몸에 눈만 커다란 사람이라 몸싸움을 해도 아주 밀리지 않을 자신이 있었다. 한숨 돌리고 생각해보니, 결국 내가 낸 돈은 다다르역에서 공항까지 미터기를 꺾고 오는 적정 요금이었다. 비록 운전기사가 아니라 삐끼에게 줬지만. 영어를 잘 못하던 가엾은 운전기사는 그날 자기 몫을 챙기지 못했다. 🍃

파파야

열린 창으로 불어들어온 바람이 방안을 휙 한 바퀴 돌고 나간다. 신기한 일이네. 중얼거리자, 갑자기 비가 쏟아진다. 묵직한 빗방울이 들이치는 유리창을 닫으러 가다가 열대의 우기를 떠올린다. 하얀 커튼이 펄럭이고, 창의 바깥 덧문이 몇 번 열렸다가 닫히고 나면 장대비가 쏟아졌다. 창문을 닫으며 중얼거린다. 이제 이곳에서도 스콜 같은 비가 내리는구나.

오래전 적도 근처의 나라에서 한동안 머물렀다. 하늘이 높아서 달도 더 멀리 떠 있는 것처럼 보이던 곳. 큰 날개를 펼친 독수리가 수직으로 하강해서 쓰레기 더미를 뒤지는 시궁쥐를 낚아채 날아가던 곳. 우기라 해서 처음에는 온종일 비가 주룩주룩 내리는 우리나라의 장마를 상상했다. 그런데 아니었다. 태양이 오전 내내 세상을 뜨겁게 달구었고, 그러다가 늦은 오후 무렵 더는 못 견디겠다는 듯, 비가 장렬하게 퍼부었다. 세상이 다 잠길 때까지 멈추지 않을 것처럼.

창문을 닫으니, 선풍기가 돌아가는 방안은 후덥지근하다. 코끝에서 파파야의 농익은 단내가 유령처럼 어른거린다. 열대의 아침마다 우리는 파파야를 사등분으로 길게 잘라 모서리가 예리한 숟가락으로 파먹곤 했다. 너는 선홍빛 과육 위에 흩어져 있는 약콩 크기만한 씨앗도 먹으라고 권했지. 인도 사람들은 파파야 씨앗을 위장약으로 쓴다는 얘기를 들었다고 했다. 담배 끊는 명상 프로그램에서. 너는 일주일 동안 견과류와 과일만 먹겠다고 했다. 사나흘쯤 그렇게 먹었던가? 너는 결국 담배를 못 끊었다. 어쨌든 나는 네 말을 듣고 파파야 씨를 씹어보았다. 라일락 이파리 맛이 났다. 하트 모양 잎사귀를 씹어보면 첫사랑의 맛을 알게 될 거라던 흰소리 끝의 쓴맛 같았다.

유리창 너머로 쏟아지는 비를 바라본다. 소나기는 지나가는 비라고도 불린다. 이제 우리나라의 남해안에서는 온실 아닌 곳에서도 바나나와 망고를 키울 수 있다고 들었다. 파파야도. 너는 오지 않는데, 열대는 이곳으로 왔구나. 비가 그냥 지나가지 않고 세상이 온통 물에 잠기면 어떻게 될까.

모르겠다. 파파야 먹자. 🌶

지진

거리는 연기로 가득했다. 나는 바닥에 흩어져 있는 벽돌 조각들을 피해서 걸었다. 등뒤에서 릭샤들이 울려대는 요란한 경적에, 황급히 문이 열려 있는 상점 안으로 몸을 피했다. 어두운 상점 안에는 기념품처럼 보이는 금속 공예품들이 진열되어 있었다. 코끼리인지 고양이인지 혹은 사람인지 알 수 없는 형체를 지닌 공예품을 바라보면서, 나는 저런 솜씨를 정교하다고 할 것인가 서툴다고 할 것인가 고민했다. 저걸 사야 할 것인가 훔칠 것인가 망설였다. 고민하는 동안 상점 밖 거리에 빗방울이 떨어지기 시작했다. 바닥에 흩어져 있던 벽돌 조각들이 짙은 붉은빛으로 물들었다. 혹은 그럴 것이라고 생각했던가? 나는 사진을 찍기 위해 상점 밖으로 나갔다. 거리가 젖은 벽지처럼 찢어지고 있었다. 내가 서 있는 바닥은 어떻게 됐지? 고개를 숙이는 순간 잠에서 깼다.

카트만두 거리에 비가 왔다. 칠 년 전에 연락이 끊겼던 사람으로부터 이메일이 왔고 누군가는 나에게 사랑이 없다고 했다. 나는 나를 떼어버리고 싶었으나, 비 오는 거리를 걷다가 별수없이 다시 뒤집어썼다. ◗

2017년 5월, 슬로베니아 일기

1

공항에서 짐 부칠 때 항공사 직원이 걱정스레 말했다. 왜 환승 시간이 한 시간밖에 안 되냐고. 이스탄불공항은 매우 복잡해서 잘못하면 비행기를 놓칠 수도 있다고. 가슴속에서 불안—초조—걱정 단추가 눌렸다. 그 말을 듣기 전까지 나는 이스탄불에서 네 시간쯤 머무는 것으로 착각하고 있었다. 덕분에 열 시간 남짓 날아가는 동안 비행 공포를 잊은 채, "비행기야 빨리 날아라, 빨리, 더 빨리!" 주문을 외웠다. 공항에서 아침으로 전복죽을 먹었는데 비행기 타자마자 밥을 주더니, 조금 있다가 간식으로 피자를 주었고, 내리기 직전에 또 밥을 줬다. 우리에 갇혀 끊임없이 먹어야 하는 가축의 고통을 이해할 수 있을 것 같았다.

주문 덕택인지 비행기는 예정된 시간보다 조금 일찍 도착했다. 항공사 직원의 말과는 달리 이스탄불공항은 그다지 붐비지 않았다. 공항 분위기가 독특한 데가 있었는데 오래 머무르지 못해 아쉬웠다. 환승 절차도 간단해서 결국 게이트 앞에 도착하니 출발 삼십 분 전이었다. 게이트 앞에 모여 있는 사람들 사이에서 무려 나 홀로 동양인이었다. 나는 좀 위축되었다. 평생 남의 눈에 띄지 않으려는 노력과 완전히 무시당하지 않으려는 노력 사이에서 갈팡질팡하던 압박감이 강도를 높이기 시작했다. 나는 또 주문을 외웠다. "나는 포스와 함께 있는 자다. 포스는 나와 함께 있다 I am one with the force. And the force is with me." 솔직히 말하자면 비행기 안에서 스타워즈 시리즈 〈로그 원〉을 보았다. 보면서 좀 울기도 했다.

류블랴나행 비행기에 올라타자 또 파니니 샌드위치를 줬다. 배 터지는 줄 알았으나, 맛있어서 죄다 먹었다. 비행기가 착륙한다는 방송이 나왔다. 덜컹, 하고 땅에 닿았다는 신호가 오자, 아직 완전히 멈추기도 전에 오륙십대 남성들이 벌떡 일어나 짐칸에서 가방을 꺼내기 시작했다. 승무원이 미소를 지으면서 만류하는데 아랑곳하지 않았다. 세상은 넓지만, 아저씨들은 어디서나 비슷하다.

2

아무에게도 안 가르쳐주고 혼자서 알고 있으면서 좋아하려고 했는데 슬로베니아 말에는 쌍수dual라는 개념이 있다. 보통은 명사의 개수를 단수와 복수 즉 하나와 하나 이상으로 나누는데, 슬로베니아 말은 하나, 둘, 둘 이상으로 나눈다. 슬로베니아 사람에게 둘은 매우 중요한 개념인가보다. 어쩐지 길에서 만나는 노부부는 모두 손을 꼭 잡고 있거나 다정하게 팔짱을 끼고 있었다. 그들이 내 얼굴을 보고 당혹스러운 표정만 짓지 않았으면 좋으련만.

3

은퇴한 류블랴나대학의 교수님을 만났다. 이런저런 의례적 질문 끝에 슬로베니아 전통 음식은 어떤 것이냐고 물었다. 그러자 슬로베니아에는 방언이 여덟 가지 이상 있으며, 따라서 전형적인 슬로베니아 음식이라는 건 없다고 봐야 한다는 대답이 돌아왔다. 전형성이라는 말 속에는 '다른 것'에 대한 혐오와 거부의 의도가 들어 있다는 말도 덧붙였다. 내 것과 다른 것에 대해 마음을 열라고 하면서 더욱 어려운 이야기를 시작했다. 영어가 짧아서 완전히 이해할 수는 없었으나 대충 알아들은 척했다.

그는 현재 한강의 『소년이 온다』를 읽고 있다면서, 일본에서 박사학위를 받을 때 광주 관련 뉴스를 본 기억이 났다고 했다. 그 무렵 일본에서 만난 미국인들은 자신이 유고슬라비아에서 온 유학생이라고 말하면 당황하면서 어색해했으나, 한국인들은

'와! 사회주의국가에서 온 사람이다'라며 좋아했다고 한다. 나는 마음속으로 그가 말하는 한국인들이 민단 쪽인지 총련 쪽인지 알 수 없는 일이라고 생각했다. 아무려나 내가 스무 살 무렵에는 사회주의를 이상으로 삼는 한국 대학생들이 많았다고 맞장구쳐주었다. 그러자 그가 대답했다. 너희들은 사회주의를 몰라서 그래. 속속들이 알아봐라. 똑같이 지어진 아파트 안 통로를 걸어가면, 어느 집에서나 할 것 없이 양배추 삶는 냄새가 나지. 양배추가 어떤 채소인지 아니? 냉장고에 넣어두면 한 달 동안 썩지 않는 거란다. 사회주의란 그런 거야.

4

저녁 아홉시가 다 되어야 해가 지기 시작한다. 이곳은 지금부터 점점 어두워지고 한국은 지금부터 점점 밝아질 것이다. 이 시간만 되면 기이한 기분에 잠시 빠져든다. 지구적 시간 감각이 나를 통과하는 느낌이랄까. 나의 몸은 점점 어두워지는데 정신은 점점 밝아지고 있는 것 같기도 하고. 나의 정신은 여전히 한국에 맞춰져 있는 건가.

5

내가 머물고 있는 아파트는 류블랴나 외곽의 서민 아파트이다. 이따금 엘리베이터 안에서 아파트 주민들과 마주친다. 도버

르단. 내가 슬로빈으로 인사하면 대부분 고개를 끄덕이고 외면한다. 그런데 갑자기 말을 건네는 이들이 있다. 나는 다만 인사말 정도만 알 뿐이니, 미안하다고 되풀이해서 말한다. 오프로스티테. 프로짐. 당신의 말을 알아듣지 못해서 미안하다는 의미다. 그러거나 말거나 계속 이야기를 이어가는 할아버지가 있었다. 엘리베이터에서 내릴 때까지 나는 미소를 지으며 고개를 끄덕여야 했다. 할아버지가 내리면서 작별인사를 했다. 아디오. 언젠가는 버스 정류장에서 나에게 다가와 무엇인가를 물어보는 할머니가 있었다. 편견이 전혀 없는 할머니에게 나는 또 미안하다고 말했다. 오프로스티테. 오프로스티테. 할머니는 의아한 표정으로 멍하니 나를 바라보았다.

한국에 돌아가 엘리베이터나 버스 정류장에서 외국인을 만나면 웃으면서 우리말로 길게 이야기를 건네보고 싶다. 겪어보니, 은근히 다정한 일이다.

6

한국에서 일 년 동안 교환학생으로 머물다가 온 류블랴나 대학생과 이야기를 나누었다. 그녀는 다시 한국으로 돌아가고 싶다고 했다. 왜? 물어봤더니 한국은 매우 활기찬 곳이라면서, 류블랴나에는 밤새 문 여는 바도 없다고 투덜거렸다. 하지만 슬로베니아는 매우 안전한 나라잖아? 되물었다. 그녀는 한국도 안전하다고 했다. 홍대 앞에서 밤새워 놀다가 혼자 새벽에 걸어서 집으로 가곤 했지만 아무 일도 없었다고 했다. 나는 마음속으로 말해주었다. 당신이 운이 좋은 거였어.

류블랴나에서 십오 년을 살았다는 교민의 말이 떠올랐다. '여기는 한국과는 달라요. 폭력범이나 강도 같은 거 없어요. 정말 안전한 곳이어요.' 그래서 나는 학생에게 물었다. "슬로베니아에는 강도가 없다면서요?" 그녀는 웃으면서 그럴 리가 있느냐고, 당연히 강도와 절도가 있다고 대답했다. 그렇다면 교민의 말은 과장이었나. 자기가 한 번도 강도를 만난 적이 없다는 말인가. 좋게 보려면 뭐든지 좋아 보이는 것인가. 아무래도 절대적 인구가 적고 복지제도가 잘되어 있으니, 한국처럼 각박하지는 않을 테다.

며칠 전부터 궁금하던 걸 물어보았다. "슬로베니아 대통령이름이 뭐니?" 모른단다. 아, 여기 대통령은 명예직인가보다, 생각했다. "그럼, 총리 이름은 뭐야?" 역시 모른단다. 다른 학생에게 물어본 적이 없으니 정말로 다른 이들도 정치에 관심이 없는건지는 모르겠다. 서남아시아나 아프리카 쪽 난민을 받아들이느냐의 문제가 정치적 이슈였는데 국민 대부분이 난민 입국을 반대했다. 작은 나라라서 의견이 갈리거나 그런 일이 적은 것 같았다. 여성, 노동, 복지 문제는 제도로 잘 보장되어 있었다. 임금 수준은 인접 국가인 오스트리아, 스위스보다 훨씬 낮았고 우리나라보다도 낮았다. 그러나 물가가 다른 유럽 선진국의 절반 수준이라 생활에 큰 문제는 없는 듯했다. 그곳도 부동산은 해마다 오른다고 집 없는 이들이 걱정하더라.

7

어디에선가 사이렌소리가 들려온다. 일어나서 창밖을 본다. 저 아래 아파트 공용공간이 보인다. 카페 두 개가 붙어 있는 작은 공터다. 유모차 세 대가 파라솔 아래 옹기종기 붙어 있고, 젊은 엄마 셋이 커피잔을 앞에 놓은 채 담배 연기를 내뿜고 있다. 한국이라면 저런 장면은 휴대폰 카메라로 찍혀서 인터넷에 올라올 수도 있다. 사람들이 별소릴 다하면서 조리돌림하겠지. 이런 생각에 잠기며 주위를 둘러보았으나 사이렌소리의 정체는 알아낼 수 없다.

무슨 소리가 들리면 이곳이 한국이 아니라는 사실을 잊고 창문 밖을 내다보다가 깜짝 놀라곤 한다. 이렇게 멀리 와서도, 어쩌면 이렇게 멀리 왔기 때문에 혼자 멍하니 지내는 시간이 길다. 사정이 그러하다보니 내가 듣고 보고 느끼는 이곳 사람들의 일상은 주로 십사층 꼭대기 층에 뚫린 창문 범위로 한정된다. 날마다 카페 앞 벤치에 홀로 앉아 내가 알아들을 수 없는 언어로 뭐라 뭐라 고함을 지르는 아저씨는 이제 잘 아는 사람 같다. 수염이 덥수룩한 아저씨는 카페에 들어가 커피 한 잔 마실 1~2유로도 없는 건가. 그래서 세상을 불평하는 건가. 아홉시 반쯤 해가 지기 시작하면 공터에서 뛰어놀던 아이들이 아디오! 서로에게 작별인사를 하며 집으로 돌아간다. 일요일 아침에는 어김없이 성당의 종소리가 들려온다. 녹음된 소리가 아니라 진짜 금속이 높낮이가 다른 여러 음으로 어울리는 묵직한 소리다.

한국과 비교하면 이곳은 정말 조용하다. 이런 곳에서도 한밤중에 술에 취한 사람이 고함을 지르는 일이 있었다. 길고 긴 탄식 같은 소리 끝에 그는 울부짖었다. 침대에 가만히 누워 그 소리를 들었다. 아무도 울지 않는 밤은 없다고 하던 시를 떠올렸다. 일어나서 컴퓨터를 켜고 시인이 누구인지 찾아보았다. 인터넷에서 찾아낼 수 있는 이면우 시인의 시들을 읽었다.

날이 밝을 무렵, 베란다로 나갔다. 동쪽 하늘에서 빛나는 별이 보였다. 아스팔트에 박힌 금속 조각처럼 희미한 빛을 보다가 갑자기 눈물이 났다. 외로워서가 아니었다. 저 별처럼 나도 이 세상 한 귀퉁이에 엄연히 존재한다는 벅찬 느낌 때문이었다. ◗

2017년 7월, 베네치아 여행

'류블랴나-트리에스테-베네치아-베로나-밀라노-토리노'

　류블랴나의 버스 터미널에 붙은 노선표 앞이었다. 슬로베니아에서 이탈리아 북부로 이어지는 도시들 이름을 하나하나 간신히 읽어내면서 괜히 마음이 설렜다. 저 길을 따라가다가 아무 도시에나 내려 한두 달 살아볼 날이 언젠가 올 것인가. 낯선 곳에 오래 머물다보니 머릿속에서만큼은 삶의 물리적 가능성이 넓어진 것 같았다.

　베네치아행 버스의 출발 시각은 새벽 한시 삼십분이었다. 그러나 출발 시각이 자주 바뀐다는 정보를 인터넷에서 읽었다. 첫 출발지가 크로아티아의 자그레브라서 교통 상황에 따라 버스가 오는 시간이 다르단다. 예고 없이 삼십 분쯤 빨리 출발할 때도 있다고 했다. 중앙역과 붙어 있는 버스 터미널은 숙소에서 이십 분쯤 걸리는 거리였으나, 열한시쯤에 이미 역 앞에서 어슬렁거리고 있었다.

류블랴나는 빈이나 부다페스트, 이탈리아나 크로아티아로 기차나 버스를 이용해서 쉽게 이동할 수 있는 위치다. 부유한 이웃나라들보다 물가도 저렴한 편이었다. 밤늦은 시각임에도 역 앞은 관광객으로 붐볐다. 패스트푸드 가게에서 햄버거와 음료수를 앞에 놓고 미적거리다가 시간 맞춰 나왔건만 버스는 한시 반을 훌쩍 넘어서 두시, 세시가 되도록 나타나지 않았다. 혹시나 해서 주위를 둘러보니 종이에 '베네치아'라고 적어서 붙여놓은 푯말 앞에 줄이 길게 늘어서 있었다.

거리에서 만나는 슬로베니아 사람들 대부분은 영어가 능숙하지 않다. 우리나라 사람들과 비슷한 정도다. 대학생은 영어를 잘하고, 중년층 이상은 거의 못한다. 버스 기사들에게 영어로 뭘 물어보면 노 잉글리시! 라고 외치며 성질을 부렸다. 덕분에 급할 때 쓸 만한 슬로빈 단어 몇 마디를 외웠다. 버스를 기다리고 있는 주위 사람들, 버스 회사 관련자처럼 보이는 사람들을 붙잡고 손짓 발짓과 아는 단어 몇 마디로 의사소통을 시도했다. 그들의 반응은 한결같았다. 기다려라, 버스가 오기는 온다! 과연 여섯시가 다 되어 하늘이 희뿌옇게 밝을 무렵 버스가 나타났다.

표를 보여주고 버스에 올라탔다. 출발하자 곧 잠이 들었으나,

한 시간쯤 뒤에 창문으로 쏟아져들어오는 햇빛에 눈이 부셔서 깨어났다. 그뒤로는 비몽사몽인 상태로 창밖을 바라보며 앉아 있었다. 왼쪽으로는 푸른 아드리아해, 오른쪽으로는 율리안 알프스의 봉우리들이 펼쳐졌다. 승객들 대부분이 잠든 듯 버스 안은 조용했다. 바다를 바라보다가 무심코 통로 건너편 유리창 너머로 눈을 돌렸다. 무리 지어 출렁이는 노랑이 보였다. 해바라기들이었다. 무슨 꽃이든 그렇게 많이 모여 있으면 눈에 띄겠지만, 몇백 미터나 이어지던 키 큰 해바라기 숲은 잊기 힘든 풍경이었다. 꽃송이 하나하나가 태양처럼 빛났다.

메스트레역 앞에 내린 것은 정오가 다 되어서였다. 베네치아 본섬으로 가려면 메스트레역에서 기차를 타거나 버스를 타야 한다. 많이 알려진 사실인데, 나는 모르고 있었다. 혼자 베네치아 여행을 하게 될 줄 알고 인터넷으로 정보를 폭풍 검색하다가 알게 되었다. 나중에 지인 둘과 동행하게 되었지만.

베네치아 여행을 간다고 하니 슬로베니아에서 만난 사람들이 경고했다.

1. 가방과 지갑을 조심하라.

2. 호텔 프런트에 짐을 맡겨도, 카페 테이블에 앉아도, 나중에 서비스 요금을 따로 요구한다.

3. 버스 시간표 기차 시간표 믿지 말라. 너무 늦게 오거나 너

무 빨리 온다. 비행기 놓친 사람도 수두룩하다.

4. 여름 베네치아에서는 하수도 냄새를 실컷 맡게 될 것이다.

　산타루치아역으로 가는 기차는 제시간에 왔고 제시간에 내렸다. 점심 먹기 전에 우선 예약한 호텔로 가서 짐을 맡겼다. 서비스 요금을 따로 내야 하는지 확인했는데, 그렇지 않다고 했다. 우리나라 블로거들 사이에서 유명한 파스타 맛집에서 점심을 해결하기로 했다. 구글 맵을 켜고 거리로 진입하자, 사람의 물결이 넘실거렸다. 두 사람이 간신히 어깨를 부딪치지 않고 지나쳐 갈 너비의 골목에 상행과 하행으로 줄이 형성되어 있었다. 앞 사람을 따라 비슷한 속도로 움직이지 않으면 발에 걸려 넘어질 지경이었다. 그렇게 아름답다는 도시에서 내가 가장 많이 본 것은 앞사람 뒤통수와 땀에 젖은 등이었다.

　가까스로 목을 빼고 주위를 둘러보니, 놀랍게도 어디를 봐도 아름답지 않은 곳이 없었다. 모든 건물이 예술작품으로 보였다. 색채, 형태, 배열, 모두 빼어났다. 들뜬 기분 때문이었을지 모르지만, 아름다움의 정규분포곡선이 있다면 그 중앙값에 이곳이 있을 거라는 생각이 들었다. 유럽의 유명한 다른 도시에 가본 적은 없으나, 그 모두를 둘러본 뒤에도 베네치아가 가장 아름다운 도시라는 믿음은 변하지 않을 것 같았다.

　가죽과 유리 공예품을 파는 가게와 카페, 식당이 즐비한 골목을 헤매다가 목적지에 도착했다. 무더운 날씨임에도 사람들이 줄을 길게 늘어서 있었다. 가성비 좋은 식당이라 하더니, 앉는 테이블 없이 테이크아웃만 하는 곳이었다. 이십 분 정도 기다렸다. 일행 세 사람이 각각 다른 파스타를 주문했고, 드디어 사각형 종이 그릇에 담긴 파스타를 받았다. 손에 들고 밖으로 나왔는데, 갈 데가 없었다. 어느 골목 어느 다리 위에도 줄지어 걸어가는 사람들로 꽉 차 있었다.

다른 손님들은 어디로 갔나 둘러보니 대부분 운하로 내려가는 계단참에 앉아 있었다. 그곳에도 빈자리는 없었다. 우리는 파스타가 담긴 종이 상자를 손에 든 채 주위를 빙글빙글 돌다가 어느 집 현관 앞 계단에 앉았다. 가까스로 한두 입 먹는가 싶었는데, 어디선가 분홍빛 원피스를 입은 백발의 할머니가 나타나 고함을 질렀다. 여기는 너희가 피크닉 오는 곳이 아니야! 너희 나라로 돌아가, 어서! 할머니는 하필 내 바로 앞에 서 있었다. 먹물 파스타 소스로 입 주위가 시커멓게 물든 내 얼굴을 향해 삿대질했다.

저 할머니의 눈에는 내가 어떻게 보일까? 베네치아에 오면서부터 줄곧 머릿속 어딘가를 배회하던 '말테'의 유령이 중얼거린다. 이 세상에는 얼마나 많은 얼굴들이 있는가. 얼굴은 이 세상에 살고 있는 사람의 숫자보다 더 많다. 누구나 여러 개의 얼굴을 가지고 있기 때문이다. 나는 파리의 어느 모퉁이에서 말테가 만난 가난한 여인처럼 너무 놀란 나머지 얼굴을 파스타 그릇 속에 떨구었다. 얼굴이 없는 적나라한 맨 머리통을 할머니에게 보여주고 말았다. 황급히 릴케와 토마스 만과 움베르토 에코를 읽던 내 얼굴을 더듬더듬 찾았다. 푸치니의 〈라 보엠〉과 〈나비 부인〉을 관람한 적이 있는 표정을 서둘러 장착하려 애썼다. 하지만 그녀에게 나는 그저 이물감 느껴지는 검은 머리의 무례한 치노(중국인이라는 의미지만 동양인을 차별하는 의도가 담긴 호칭)일 것이다.

마침 베니스비엔날레가 열리는 시즌이었다. 그해 여름 내내 베네치아 주민들은 관광객이 오는 것에 반대하는 시위를 했다.

바포레토라 불리는 수상버스를 타려는 사람들의 줄이 길었다. 무더운 날씨였으나 누군가가 빈정거린 것처럼 운하에서 물비린내나 하수도 썩는 냄새는 나지 않았다. 리도섬으로 향하는 배에 올라탔다. 원래는 하루 정도 비엔날레 구경을 하려고 전시관을 찾았으나, 휴관이었다. 그때는 몰랐는데 나중에 어느 화가 선생님에게 듣기로는 월요일에는 전 세계의 웬만한 미술관이나 박물관이 문을 닫는단다. 그런 연유로 목적지가 갑자기 바뀌었다. 리도섬에 대해 아는 건 별로 없었다. 베니스영화제가 열리는 곳이고, 토마스 만의 소설을 영화로 만든 〈베니스에서의 죽음〉을 촬영한 곳이니 뭔가 볼 게 있기를 기대했다.

리도섬 선착장에 내리자마자 바로 앞 정류장에 서 있던 버스에 무조건 올라탔다. 어디로 가는 건지도 모르는 채 십 분쯤 달렸다. 종점 같은 곳에서 버스가 회차할 때 사람들이 모두 내려서 따라 내렸다. 주위를 잠시 헤매다보니 해변이 나왔다. 알베로니 해변이라고 적혀 있었다. 나중에 리도섬의 지도를 찾아보니, 그곳은 베니스영화제가 열리는 곳도 아니고 〈베니스에서의 죽음〉을 촬영한 곳도 아니었다. 그냥 현지 주민들이 놀러오는 해변이었다. 수영복을 가져온 일행 둘이 물놀이하러 간 뒤, 수영복이 없는 나는 선베드에 누워 휴대폰을 들여다보다가 책을 읽다가 했다. 지루해지면 주위에 있는 이탈리아인들을 구경했다. 가족 단위로 온 사람들이 대부분이었다.

내가 있는 곳에서 오십 미터쯤 떨어진 곳에 무료 샤워 시설이 있었다. 시설이랄 것도 없이 사방이 탁 트인 곳에 길쭉한 막대기 같은 샤워기 하나가 세워져 있었다. 사람들이 수영복을 입은 채로 줄을 당기면 물이 쏟아졌다. 몸에 묻은 모래와 소금기를 간단히 씻는 용도였다. 예닐곱 살쯤 되어 보이는 금발의 아이 둘이 몸에 모래를 잔뜩 묻힌 채 달려왔다. 하나는 짧은 머리, 하나는 허리까지 내려오는 긴 머리였다. 둘 다 트렁크 수영복을 입고 있었다. 두 아이가 너무 예뻐서 눈을 뗄 수 없었다. 머리카락이 긴 아이는 여자애처럼 보였으나 수영복은 남자 옷이었다. 멍하니 바라보나가 궁금해졌다. 쌍둥이라서 머리카락 길이를 달리

한 것일까. 여자애에게 남자 수영복을 입힌 걸까. 모래를 다 씻고 다시 달려가는 아이들의 뒷모습을 보면서 내가 어리석은 호기심을 품었음을 깨달았다. 여자면 어떻고 남자면 어떤가. 저렇게 예쁜데.

해수욕을 마치고 해변을 떠나 길에서 오지 않는 버스를 기다리다가 그냥 선착장까지 걷기로 했다. 버스를 타고 십 분쯤 왔으니 걸어서 한두 시간 안에는 배 타는 곳에 도착할 것 같았다. 바다가 보이는 해안도로를 따라 걸었다. 예상보다 쉽지 않았다. 바닷바람이 불었으나 볕이 따가웠다. 무엇보다도 배가 고팠다. 오후 네시가 지난 시각이었다. 요기할 수 있는 식당을 찾아 도로를 벗어나 마을로 들어섰다. 머리 위에서 빨래가 펄럭이는 골목길을 거쳐 동네 공원으로 들어섰다. 축제라도 열린 듯 천막을 친 간이 부엌 앞에 사람들이 몰려 서 있었다. 줄 서 있는 사람 하나를 붙잡고 우리도 사서 먹을 수 있는 음식인지 물었다. 성당에서 주최하는 종교적 축일 행사인데, 식권을 사서 줄을 서면 누구나 먹을 수 있다는 대답이 돌아왔다. 음식의 종류는 딱 세 가지였다. 토마토소스 파스타와 감자튀김, 오징어튀김.

사람이 무척 많아서 이십 분 이상 기다렸다. 그 많은 사람 사이에서 이방인은 우리뿐이었다. 마침내 음식을 담은 쟁반을 받았으나, 나무 그늘 밑의 피크닉 탁자는 모두 꽉 차 있었다. 빈 탁자는 하나뿐인데, 강렬한 햇볕 아래에 있었다. 우리는 이리저리 헤매다가 공원 구석에 비어 있는 벤치를 발견했다. 그곳은 그늘 속이었다. 벤치 가운데에 쟁반을 내려놓고 셋이 어떻게 앉아서 먹을 것인지 궁리하고 있을 때였다. 어떤 할머니와 할아버지가 땡볕에 놓인 탁자를 말 그대로 낑낑거리며 들고 우리에게 다가왔다. 정말 무거워 보이는 나무 탁자였다. 우리는 갑자기 두 사람의 의도를 깨닫고 달려가서 할머니 할아버지에게서 탁자를 넘겨받았다. 벤치 앞에서 난처해하고 있는 우리를 보고 탁자를 가져다주려던 것이다.

사흘째 되는 밤 베네치아를 떠났다. 다시 메스트레역 앞에서 열한시에 오기로 되어 있는 류블랴나행 버스를 기다렸다. 미지근한 바람이 불고 있었다. 이번에는 두 시간쯤 기다리니 버스가 나타났다. 표지판 하나 달랑 서 있는 정류장에서 기다리던 사람들은 모두 그러려니 하는 표정이었다.

버스가 이탈리아와 슬로베니아의 국경 도시인 트리에스테를 지나고 나서 멈췄다. 너무 지쳐서 고개를 좌우로 번갈아 떨어뜨리며 자고 있다가 경찰이 버스에 올라타는 바람에 정신을 차렸다. 경찰은 나란히 앉아 있던 나의 일행 바로 앞에 있는 남자에게 여권을 보여달라고 했다. 그가 여권을 꺼내 보여주자, 잠깐 들여다보더니 그를 데리고 버스에서 내렸다. 버스는 한참 서 있다가 출발했으나, 그 남자는 다시 돌아오지 않았다. 다음 검문

소에서 다시 경찰이 버스에 올라와 그가 남겨두고 간 가방을 가지고 갔다.

앞자리에 앉아 있던 일행이 나를 돌아보고 속삭였다. "저 가방을 옆자리에 앉아 있던 사람이 막 뒤졌어요. 뭔가를 꺼내는 것 같았어요." 경찰이 데리고 내린 사람은 크로아티아 사람인데 수배중이었다는 말도 있었고, 밀입국자였다는 말도 있었다. 그런데 나는 그걸 누구에게 들었지? 그저 내 상상인가.

버스가 트리에스테 부둣가를 지나가고 있었다. 어둠 속에 하얀 돛이 달린 요트들이 줄지어 정박해 있는 것이 보였다. 트리에스테는 류블랴나와 매우 가까운 곳이었음에도 슬로베니아에 있는 동안 한 번도 가볼 생각을 못했다. 제임스 조이스와 헤밍웨이가 오래 머물며 글을 썼던 도시라는 이야기를 듣기는 했는데, 솔직히 두 작가에게 감흥을 못 느껴서 관심 갖지 않았다. 나중에 존 버거의 소설에서 트리에스테가 무대로 나오는 것을 읽으면서 한번 가볼걸 그랬다고 후회하기도 했다.

베네치아에서는 무더위에 지쳐 들어간 카페에서 각자 커피 한 잔씩 마시고 한 시간 앉아 있었다고 내쫓기기도 했다. 그러나 밥 먹기 전에 십 분쯤 기다리게 했다고 2유로를 깎아준 식당 주인도 있었고, 숙소 근처 바에서 세 사람이 스프리츠 두 잔과 백포도주 한 잔을 마신 뒤 누군가가 대신 술값을 내주고 갔다는 뜻밖의 말을 듣기도 했다. 그 누군가는 우리가 아침마다 커피와

빵을 먹던 조그만 식당의 주인인 방글라데시 사람이었다.

　류블랴나로 돌아왔다. 베네치아가 세련되고 되바라진 도회
지 처녀라면 류블랴나는 순박하고 조용한 시골 처녀처럼 느껴
졌다. 아무려나 슬로베니아를 떠나고 나면 베네치아도 류블랴나
도 살아 있는 동안 다시 볼 일은 없겠지. 베로나, 밀라노, 토리노
에 가서 한두 달 살아보겠다며 설레던 것조차 헛된 꿈이 분명했
다. ❧

4부

가족

실향민들

　요즘 아버지는 고향 이야기만 한다. 가장 많이 언급되는 단어는 '우리 할마이'다. 우리 할마이가 어디를 가나 당신을 업고 다녔다는 회고에서 시작해서, 해당화가 만발한 명사십리, 마당에서 키우던 닭과 염소들, 집 앞으로 흐르는 강을 거슬러올라온 고깃배에서 팔던 생선 이야기로 이어진다. 수백 번 들어서 외울 지경이지만, 신명이 나서 말을 이어갈 때 아버지의 표정이 무척 행복해 보여 나는 지루함을 참으며 귀기울이는 시늉을 한다.

　　아버지는 '고향이 그리워도 못 가는 신세'인 실향민이다. 내가 어렸을 때는 여름마다 종종 어두컴컴한 새벽에 낡은 지프차를 타고 어딘가를 향해 달려가곤 했다. 흙먼지 날리는 산길을 굽이굽이 올라가다가 갑자기 차가 멈춰 창밖을 내다보니 거대한 바위가 도로를 가로막고 있던 적도 있었다. 영동고속도로가 생기기 전 한계령을 넘어가는 비포장도로를 달릴 때의 기억이다. 그 시절에는 짐작조차 못했으나, 그토록 험한 산길을 마다하지 않고 동해안으로 달려간 것은 조금이라도 고향에 가까워지고 싶은 아버지의 열망 때문이었을 테다.

구순을 넘긴 아버지에게 이제 선명하게 남은 기억은 열 살 언저리 이전에 겪은 일이나 그 시절에 만난 사람들에 대한 것뿐이다. 여전히 똑같이 되풀이되는 아버지의 이야기를 건성건성 듣다보면 문득 궁금해진다. 어쩌면 나 또한 아버지처럼 아흔 살을 넘어 살게 될 수도 있을 텐데, 또래 대부분이 세상에서 사라진 시점에서, 더는 새로운 사람도 사건도 삶에서 경험하지 않게 된 순간에, 내 머릿속에서 지워지지 않고 남아 있을 굳건한 기억은 무엇일까? 설마 유년 시절을 보낸 고향일까?

나는 서울에서 태어나 자랐으나 서울을 고향이라 하기는 꺼려진다. 서울이 팽창하고 변하는 속도는 거의 광적이다. 빛의 속도 같기도 하고 미친 것 같기도 하다. 얼마 전에 성북동에서 올라가 부암동으로 이어지는 서울성곽길을 걷다가 경로를 헷갈려 세검정 쪽으로 잘못 내려온 적이 있었다. 동행들은 서울에 이런 곳이 있었느냐며 감탄했지만, 기실 나에게는 매우 익숙한 동네였다. 내가 다닌 중고등학교를 중심으로 친구들이 흩어져 살았고, 복개되어 육차선도로로 변한 개울에서 가재와 송사리를 잡으며 어린 시절을 보낸 곳. 이십 년을 산 그 동네가 나에게는 고향인 셈이다.

고향이란 기억과 연결된 장소이다. 따뜻하고 소중한 경험을 나눈 기억 속의 사람과 사물이 붙박여 있어서 나의 일부 또한 늘 그곳에 남아 있는 곳이다. 하지만 사람들 대부분을 먹여 살리는 일이 달라지면서 고향의 의미도 변했다. 이제는 떠날 능력이 있는 사람은 모두 떠나버린 곳이 고향이다. '고향을 지킨다' 라는 표현이 감상적 판타지로 남은 고향의 정체성을 말해주고 있다.

아버지는 역사적 비극과 정치적 이유로 고향을 잃었다. 다시는 돌아갈 수 없어 더 슬프고 애틋할 테지만, 마음속에 간직한 고향의 모습은 영원히 변하지 않을 것이다. 아버지의 영혼은 고향이라 불리는 땅에 속해 있다. 그러나 나는 고향을 그리워하지 않는다. 언제든지 갈 수 있는 곳이기도 하지만, 내가 속한 계층의 사람이 전세든 월세든 자가든 서울이라는 성안에 거주지를 마련하는 일이 불가능해진 뒤로는 완전히 마음이 식었다. 나의 영혼은 이미 그곳을 떠났다. '고향이 지척에 있어도 가고 싶지 않은 신세'다.

삼십대의 여행 유튜버가 찍은 동영상을 즐겨 본다. 그는 해외에서 낯설거나 아름답고 장엄한 풍경을 만나면, 자신이 어린 시절부터 플레이하던 게임 속 특정 세계의 풍경들과 똑같다고 감탄하며 기뻐한다. 게임을 하면서 팀플레이를 하거나 친구를 사귀거나 대화를 나눠본 경험이 한 번도 없는 오십대 후반의 나는 그런 반응이 놀랍다. 내가 모르는 젊은 세대에게 고향이라고 부를 만한 곳은 저기 가상 세계 속, 롤이니 배틀그라운드니 하는 곳에 있는지도 모른다고, 감히 짐작해본다. 🌿

병실에서

창밖으로 새잎이 돋은 봄나무들이 보인다. 일 년 중 며칠 동안 세상은 온통 연두로 물든다. 빛의 덩어리처럼 보이는 저 나뭇잎들이야말로 생명의 상징일지도 모른다. 어제 서둘러 병원에 오려고 택시를 탔을 때, 도로변에 환하게 핀 벚꽃들을 보면서 기사 아저씨가 말했다. "나무는 봄이 오면 저렇게 다시 꽃을 피우는데, 사람은 한번 가면 다시 오지 않잖아요?" 목적지가 병원인 손님을 태워서 굳이 하시는 말씀인가 싶었다.

병실 안을 둘러본다. 신경외과 병동에서도 꽤 위중한 상태의 환자들을 모아놓은 병실이라, 네 명의 환자 가운데 의식이 분명하고 말을 제대로 하는 사람은 나의 어머니와 건너편 침상에 뇌수술을 받고 들어온 할머니 한 분뿐이다. 몇 가닥의 목숨줄에 의지한 채 낙상 방지 난간으로 둘러싸인 침상에 누워 있는 노인 환자들의 모습은 마치 새장에 갇힌 새처럼 무기력해 보인다. 보호자로 들어와 병동에서 만 하루를 지냈을 뿐인데 마음이 바닥 없는 울적함으로 가라앉고 있다.

얼마 전 어머니가 거실 의자에서 일어나다가 발이 미끄러져 엉덩방아를 찧었다. 처음에는 큰 부상이 아닐 것이라 여겼는데, 통증이 점점 심해졌다. 종합병원에 가서 여러 검사를 받았다. 척추 골절이라고 했다. 워낙 연세가 높고 골다공증이 심해서 약한 충격임에도 뼈에 금이 갔고, 미세한 뼛조각이 근처의 신경을 누르고 있다는 설명이었다. 내려앉은 뼈를 제거하고 인공 척추를 삽입하는 수술을 해야 한다고 했다.

통증이 심해지고 있어서 가능한 한 빨리 수술 날짜를 잡았다. 구순을 바라보는 어머니가 전신마취를 하고 서너 시간이나 걸리는 수술을 견딜 수 있을지 걱정이었다. 다행히 수술은 잘 끝났으나, 후유증이 왔다. 고연령 환자가 전신마취를 하면 섬망과 치매가 자주 온다는 설명을 수술 전에 이미 들었다. 어머니도 예외는 아니었다. 섬망이 너무 심해서 다른 환자를 방해할 지경이라는 연락을 받았다.

코로나 상황 때문에 보호자로 병실에 들어가는 과정도 복잡했다. PCR 검사를 받고 일단 병동에 들어온 보호자는 병원 밖으로 나갈 수 없으며, 교대도 할 수 없다고 했다. 원래는 보호자가 병실에서 상주하는 게 허용되지 않는 병동이었으나, 이 주 동안 절대 안정을 취해야 할 척추 수술 환자가 섬망 탓에 몸을 자꾸 움직여서 예외가 된 경우였다. 아니나 다를까, 맞은편 침상에 누워 있는 할머니가 오늘 아침에 간호사에게 불평했다.

"저쪽은 딸이 와서 살뜰히 시중을 드는데, 왜 우리 딸은 못 들어오게 하는 거야?"

마흔에 혼자되어 자식들 키우느라 안 해본 일 없이 고생이 막심했다는 구십오 세의 할머니다. 나의 어머니보다 유일하게 나이가 많은 분이라 눈여겨보았는데, 연세가 믿기지 않을 정도로 씩씩하고 총기가 여전했다. 그러나 어젯밤 내내 할머니는 '그 돈을 어떻게 마련하누…… 그 돈을 어떻게 마련하누……'라고 잠꼬대를 했다. 그 시간에 어머니는 혼몽한 상태에서 '아이고 다리 아파…… 아이고 다리야'라고 신음하다가 '내일 아침은 어떻게 하지……' 중얼거렸다. 과거의 고통과 현재의 고통 모두 두 사람을 짓누르고 있었다.

젊고 아름다운 사람들에게 둘러싸여 화려하고 안락한 궁중의 삶을 누리던 싯다르타 왕자는 동문 밖으로 나갔을 때 처음으로 노인과 마주쳤다. 서문 밖으로 나가서는 처음으로 병든 사람을 보았고, 남문 밖으로 나가면서 처음으로 주검을 보았다. 지혜롭고 영성이 충만했던 싯다르타 왕자가 인간의 생로병사에 대해 전혀 모르지는 않았을 것이다. 그러나 늙고 병들어 쇠약해지다가 마침내 숨을 거둔 인간을 직접 눈으로 보는 것은 글로 읽고 말로 들어서 아는 것과는 다른 충격이었을 것이다. 나 또한 병실에 들어와 현실에 존재하는 인간에게 할당된 각자의 비참을 눈으로 직접 보니, 싯다르타 왕자가 늙고 병들어 죽는 인간의 고통을 극복하기 위해 출가한 심정을 조금이나마 이해할 것 같았다.

인간의 몸은 태어나면서부터 어느 시점에 이르기까지 성장하다가 그뒤로는 계속 손상되고 무너진다. 노화와 죽음을 겪지 않는 인간은 아무도 없다는 엄연함이 우리가 누리는 유일한 평등일 테다. 살아 있음은 끊임없이 불편과 장애를 경험하는 일이다. 심지어 성장하고 있는 어린아이나 젊은이라 해도 몸은 끊임없이 불편하고 때때로 고장이 난다. '모든 것이 불타고 있다'라는 부처의 설법처럼 마음도 늘 들끓고 부대낀다. 그러니 몸과 마음이 모두 정상이고 아무 문제도 없는 삶이란 어쩌면 플라톤이 말하는 완벽한 원처럼 그저 관념 속에서나 존재하는 것일지도 모른다.

창밖 풍경을 더 멀리 바라본다. 봄나무들 뒤로는 육교가 보이고, 그 아래 도로에는 언제나 쉼 없이 자동차들이 달리고 있다. 도로 건너편에는 고층아파트가 즐비하다. 어쩌면 나는 병실 밖으로 펼쳐진 저 평범한 풍경을 오래도록 기억하게 될지도 모른다는 생각에 잠긴다. 아주 잠깐. 잠깐이라는 말은 대단하다. 며칠 전 친구와 공원 벤치에 앉아 호떡과 붕어빵과 커피를 나눠 먹고 마시던 기억이 떠오른다. 그 잠깐의 순간이 참 편안하고 좋았으나, 다시는 돌아오지 않음을 나는 안다. 이제 육십 년의 세월을 살아온 내가 지난 시간을 생각해봐도, 그저 '잠깐'에 불과하다. 스무 살 때에도 과거는 그저 '잠깐'이라는 느낌이었을 테고, 지금 창밖을 내다보는 나에게 주어진 시간도 오롯이 '잠깐'일 뿐이다. 다시는 돌아오지 않을 잠깐의 순간들이다. 그래서 고통에서 벗어날 수 없는 삶조차 그토록 소중하게 느껴지나보다.

아버지와 나

그날 나는 옷장과 벽 사이의 좁은 공간에 들어가 울고 있었다. 반나절은 족히 울었을 것이다. 처음 대학입시 원서를 쓰고 온 날이었다. 당시에는 본고사도 수시도 논술도 없이 학력고사라 불리는 시험 점수만으로 입시를 치렀다. 그해 학력고사에서 나는 기대했던 것보다 점수가 높게 나왔다. 기뻐해야 마땅한 상황이었다.

나는 자연계 수험생이었고, 수학2와 물리 화학 생물 지구과학을 선택해서 시험을 쳤다. 하지만 담임선생님과 마주앉아 입학원서를 쓸 때 엉뚱하게도 국문과에 지원하겠다고 했다. 이유를 묻는 선생님에게 머뭇거리다가 소설가가 되고 싶다고 했다. 물리나 화학 같은 과목을 배워보니, 내가 잘할 수 있는 분야가 아님을 알았다고 덧붙였다. 그 시절에는 원칙적으로 계열 사이의 교차지원을 허용하지 않았다. 간혹 예외가 있다고 해도 자연계 수험생이 인문계 학과에 지원하면 입시 점수를 삼십 점쯤 깎는 방식으로 불이익을 주었다. 선생님은 잠시 고민하다가, 점수가 깎여도 합격 안정권인 대학의 국문과에 원서를 내보자고 했다. 예상보다 점수가 잘 나와서 가능한 일이었다.

집에 돌아와서 국문과로 지원서를 썼다고 말을 꺼냈다. 아버지가 벌컥 화를 냈다. 의외였다. 원래 우리집에서는 부모와 자식 사이에 대화를 나누는 일이 별로 없었다. 그렇다고 권위적이거나 강압적인 부모도 아니었다. 그저 자식의 성적이나 장래 희망 같은 것에 관심을 기울인 적이 없었다. 내 부모의 교육방식은 긍정적으로 말하면 자유방임이었고, 현실에서는 무관심으로 일관했다. 여섯이라는 숫자가 너무 많아서 감당이 안 되었을 테고, 아들이 아닌 딸이라서도 그러했을 것이다. 학교에 찾아온 적이 거의 없는 것은 물론이요, 성적표나 가정 통신문 같은 것을 보자고 한 적도 없었다. 자매들은 어머니의 화장대 서랍 속에서 굴러다니는 막도장으로 직접 성적표에 도장을 찍어 학교에 제출했다. 어쩌다가 성적이 좋게 나오면 식구들에게 보일 때도 있었다. 학력고사 성적이 잘 나왔다는 사실도 그런 식으로 자랑했으나, 자매들도 부모도 그다지 큰 관심을 보이지 않았다.

그나마 어머니는 자식들의 영양이나 건강 상태에 관심을 가질 수밖에 없었으나 아버지는 아무 관심도 없었다. 자식들을 칭

찬하는 일이 없는 만큼 꾸짖거나 화를 낸 적도 없었다. 그런데 국문과에 지원하기로 했다는 말을 듣자마자 아버지에게서 큰 소리가 나왔다. "딸이 의대에 갈 거라고 자랑했는데 남들에게 창피해서 어떡하느냐"라는 요지의 말이었다. 장래를 확실히 보장하는 직업을 택해야 한다고도 했다. 그래도 아버지의 결론은 네 마음대로 하라는 거였다. 나의 부모는 살뜰히 지원하지는 않는 대신 강요하거나 억압하지도 않았다. 하지만 머릿속에는 아버지가 내뱉은 '창피하다'라는 단어가 각인되었다. 나는 그 말을 곱씹으면서 울었고, 울면서 아버지를 원망했다.

나름 큰 결심을 하고 국문과에 간다고 원서를 써서 갖고 왔지만, 의지는 어설펐고 마음은 불안했다. 명문대 진학에 미련이 남아 있었고, 국문과에 간다고 반드시 소설가가 되는 게 아니라는 불안도 있었다. 그 순간에는 명료하게 깨닫지 못했으나, 그때 나의 결정을 지지해줄 사람이 간절했던 것 같다. 아버지는 내가 어떤 사람인지, 왜 국문과에 가고 싶은지 알지 못했으므로, 그럴 수 없었다. 나 역시 담임선생님에게는 할 수 있는 이야기를 아버지에게는 꺼낼 수도 없었다.

결국 나는 국문과를 포기했고, 아버지가 원하던 학과에 지원했으나 불합격이었다. 2지망으로 지원한 학과에 다니다가 자퇴하고 다시 시험을 쳐서 다른 대학에 들어갔다. 그러나 다시 들어간 대학도 마치지 못했다. 그래서 최종학력은 고졸이다. 나는 평생 최종학력이 삶의 걸림돌이 되지 못함을 증명하려 애쓰며 살았다. 그러나 삼십대의 막바지에 뒤늦게 신춘문예에 당선되기 전까지 자주 나 자신을 혐오했고 가끔 아버지를 원망했다. 이 사회에 나를 위한 자리는 없다는 좌절감이 컸다. 벽과 옷장 사이에 끼어 앉아 울고 있던 그 순간부터 내 삶이 어긋나기 시작한 거라고 자책하기도 했다. 통속적 가치를 감히 거스르지 못한 나의 나약함을 향해, 자식의 미래보다 체면이 중요하던 아버지의 허위의식을 향해, 그래서 넌 틀린 거야, 중얼거리곤 했다.

나이가 들어가면서 나 자신과 아버지에게 너그러워졌다. 늙어서인지 마침내 소설가라는 이름표를 달게 된 덕분인지 잘 모르겠다. 크게 화를 냈던 그날 이후로 아버지는 나에게 아무 관심도 없었다. 내가 대학을 두 번 그만두고 거리를 헤맬 때도, 그러다가 충동적으로 결혼할 때도, 어머니 아버지는 아무 간섭도 지원도 하지 않았다. 정신적으로나 물질적으로나 그럴 여유가 없었다. 내가 대학입시를 치르던 무렵을 전후해서 아버지의 사업이 서서히 무너졌다. 게다가 수출한 물건의 대금을 떼어먹히는 큰 사기를 당했다. 그 여파로 경영하던 봉제공장이 남의 손에 넘어갔다. 평생 일군 재산이 홀연 사라졌다. 하룻밤에도 서너 번씩 벌떡 일어나 멍하니 앉아 있곤 하던 아버지는 오랫동안 자기 마음을 수습할 힘도 없었다.

이따금 내가 들어가 앉아 있던 좁은 구석을 떠올린다. 사회적 통념과 경쟁, 그리고 개인의 욕망 사이에서 어쩔 줄을 모르던 나에게 하나의 상징적 공간이기도 하다. 내 눈앞에 열여덟 살쯤 된 여자애가 그러고 앉아 있다면 가여운 마음이 앞설 것이다. 그 애에게 말해주고 싶다. 보통의 사람은 같은 시대를 사는 이들의 일반적 가치에서 자유롭기 힘들다고. 사회구조나 체제의 틀에서 빠져나올 힘을 지닌 이들은 극히 드물다고. 너와 네 부모의 행동이 나약하고 가식적이라고 비난받을 일은 아니라고.

누군가가 손을 뻗어 좁은 구석에서 끌어내주기를 바라던 어린 마음을 이제 나는 경멸하지 않는다. 달리 어쩔 수 없었다. 그럼에도 두려움으로 굳게 잠긴 문을 스스로 여는 게 불가능한 일은 아님을 알려주고 싶기는 하다. 타인의 시선이나 사회적 통념도 상상하는 것처럼 높고 견고한 장벽이 아니라는 것도. 물론 언젠가는 스스로 알게 되겠지만.

알고 보면 나는 우여곡절 끝에 꿈을 이룬 사람이다. 끝이 좋으면 다 좋은 거다. 🍃

옛날 사진을 보다

"오빠가 원산에 공부하러 갔다가, 학교는 안 가고 거기서 사진학원을 다녔어."

어머니의 이야기를 건성으로 응응 대답하며 듣고 있다가 호기심에 귀가 번쩍 뜨인다.

"외삼촌이 사진을 배웠다고?"

"일제 때 배웠지. 전쟁 끝나고 미군 부대 앞에서 사진관도 했잖아."

올해 아흔에 다다른 어머니는 한 시간 전의 일은 까맣게 잊기 일쑤다. 그렇지만 육십 년 전, 칠십 년 전 일은 생생하게 기억하고 있다. 어머니는 당신이 왜 이 세상 사람이 아닌 이들 이야기만 하는지 모르겠다며 한탄하면서도, 이미 수백 번은 되뇐 이야기를 하고 또 한다. 귀에 못이 박히도록 들은 이야기임에도 여전히 새로운 정보가 튀어나올 때가 있다.

외삼촌이 사진사 일을 한 적이 있다는 말을 듣기 전에도 나는 옛날 사진을 예사로 보아 넘기지는 않았다. 책이나 잡지를 뒤적이다가, 혹은 인터넷으로 자료를 찾다가 우연히 마주치는 사진들은 늘 나의 주의를 끌었다. 필름에 찍혀 인화지에 인화한 사진들이라 그런지, 사람들이 유행이 지난 옷을 입고 있어서 그런지, 고작 이삼십 년밖에 안 지난 것들도 고색창연하다. 특별한 아우라가 있다. 흑백사진인 경우는 더욱 그렇다. 옛날에는 사진을 찍으면 영혼을 빼앗긴다고 믿기도 했다는데, 세피아 톤의 음영이 짙은 풍경이나 인물의 모습에서는 정말로 영혼이 보이는 듯하다.

1907년에 우리나라에서 최초로 천연당 사진관이 문을 열었다. 당시 사진을 찍는 비용은 중산층의 석 달 생활비에 버금가는 액수였다. 1920년대에는 반달 생활비 정도로 가격이 내려갔다. 현재 화폐가치로 환산하면 백만 원 언저리로 추정된다. 그러니 지금까지 남아 있는 20세기 초반의 사진 속 인물들은 부유층이거나 특별한 직업을 가진 사람들일 확률이 높다. 물론 서양 선교사들이 인류학적 관심에서 찍은 사진이나 신문 기사 속 기록용 사진은 예외이다. 모니터 속에 나타난 여성의 독사진을 들여다본다. 앞가르마를 반듯하게 타서 쪽을 지고 한복을 곱게 차려입었으나, 겨드랑이에 서양식 핸드백을 끼고 굽 높은 구두를

신은 채 두 손을 포개고 섰다. 1930년대라고 적혀 있다. 소심한 미소를 짓고 있는 둥근 얼굴에 궁색한 기운은 찾아보기 힘들다.

아름드리 느티나무가 서 있는 동네 공터 같은 곳에 남자들이 한데 모여 쪼그리고 앉아 있거나 서 있다. 중절모를 쓰고 흰 두루마기를 입은 남자, 흰 마고자 바람의 청년, 중절모에 허름한 양복 차림의 남자, 그리고 평상복을 입은 청년과 고무신을 신고 양복을 입은 남자다. 다섯 명의 남자는 줄로 연결된 오페라글라스 같은 기구를 각자의 눈에 대고 들여다보는 중이다. 설명에는 '만화경, 혜화동 1950년'이라고 적혀 있다. 넋을 잃고 즐거워하는 표정이 납득이 간다. 이런 사진은 누가, 왜 찍었을까.

어머니의 고향은 삼팔선 이북 철원 땅이다. 외할아버지는 방앗간과 양조장을 운영하던 부농이었다. 외아들을 원산으로 유학 보낼 경제적 능력이 있었을 것이다. 그래도 어머니의 기억이 미심쩍어 외삼촌이 사진을 배웠다는 게 사실일지 확인해보았다. 자료를 검색해보니, 1920년대에는 경성에 사진 학원이 여러 곳 있었다. 지방에는 평양과 대전에 있었다. 원산에도 조선사진전문학원이라는 곳이 있었다는 기록이 나온다. 당시 사진작가들이 주로 쓰던 독일산 라이카나 로라이 사진기 한 대 값은 이백 원이 넘었다. 군청 서기 월급이 삼십 원, 면 서기 월급이 이십 원 정도이던 시절이었다. 그 비싼 사진기를 외삼촌이 살 수 있었는지는 모르겠으나, 어쨌든 하라는 공부를 접고 사진을 배웠다는 것은 한량으로, 좋게 말하면 예술가로 살겠다는 꿈을 가졌다는 증거다.

"외아들이라 오냐오냐 키워서 그래. 위로 아들 둘을 잃어서 우리 엄마가 하늘처럼 떠받들었지."

북한에서 토지개혁이 시행되자, 어머니의 가족은 고향을 떠나 월남한다. 6·25전쟁이 터지고 이런저런 우여곡절 끝에, 더는 한량으로 살 수 없게 된 외삼촌은 미군들을 상대로 하는 사진관을 열었다. 어머니 말에 의하면, 장사 수완이 없었는지 곧 문을 닫았다. 내가 국민학교에 다닐 무렵에 외삼촌은 사흘에 한 번 꼴로 우리집에 왔다. 그 무렵 어머니는 동기간 중에 사는 형편이 가장 나았다. 늘 술에 취해 있던 외삼촌은 어머니와 돈 문제로 실랑이를 벌이곤 했다. 쌀 팔 돈이 떨어졌다거나, 아이들 월사금이 없다거나 하는 절박한 사정이 있었다.

"전세금이 올랐다고 해서 내주면, 오빠가 사업한다고 돈을 다 날리지. 올케가 와서 길에 나앉게 생겼다고 울고불고하지. 그렇게 내준 돈이 한두 번이 아니야."

1960년대 즈음에는 떠돌이 사진사들을 어느 동네에서나 볼 수 있었다. 고궁이나 놀이공원 혹은 전원풍 배경 그림을 싣고 다니면서 사진을 찍어주는 행상이었다. 떠돌이 사진사 혹은 구루마 사진사들은 고궁이나 공원에서는 연인들의 사진을, 동네 골목에서는 어린이들을 찍었다. 다시 모니터 속 사진을 유심히 들여다본다. 파란 하늘에 서툴게 그려진 구름을 배경으로 비행기에 올라탄 남자아이 사진이 눈에 들어온다. 혹시 외삼촌이 찍은 사진이 아닐까 의심해본다.

외삼촌을 마지막으로 본 것은 내가 6학년이 된 해의 어느 봄날이었다. 학교를 마치고 집으로 돌아오는데, 잔뜩 구겨진 더러운 양복을 입은 남자가 담벼락에 몸을 의지한 채 비틀거리며 걸어오고 있었다. 외삼촌이었다. 깜짝 놀라서 나도 모르게 손을 내밀어 부축했다. 술냄새가 코를 찔렀다. 몸을 제대로 가누지 못하던 외삼촌은 눈물이 가득 고인 붉은 눈으로 나를 바라보았다. 그리고 말했다.

"오, 너구나. 너는 착한 아이지. 내가 알아."

얼마 안 있어 외삼촌은 세상을 떠났다. 젊은 시절에는 부잣집 외아들에 훤칠한 미남이어서 따르는 여자도 많았다고, 어머니는 외삼촌을 회상할 때마다 덧붙인다.

첫사랑

외할아버지는 해방 전에 철원 이북의 '이천'이라는 곳에서 작은 방앗간을 운영했다. 그러다가 북한에서 토지개혁을 할 때 가족을 데리고 남한으로 내려왔다. 지주까지는 아니더라도 소작을 주기도 하던 자작농이라 자기 소유의 땅을 국가가 무상 몰수하고 무상 분배하는 방식을 견디지 못했다. 나의 어머니는 열세 살에 허리까지 차오르는 한탄강 급류를 건너 고향을 떠났다. 이후로 한동안 어머니가 만난 세상은 캄캄한 밤에 울음을 삼키면서 몸을 담갔던 매서운 얼음물 같았다. 어렵사리 타향에 정착한 외할아버지는 어머니를 고등학교에 보낼 수 없었다. 그럴 형편이 안 되었을 뿐 아니라 굳이 막내딸까지 학교에 보낼 생각도 없었다.

어머니는 학교에 보내주지 않으면 죽겠다면서 소동을 벌였다. 외할아버지는 고심 끝에 같은 동네에 사는 유명 백화점 간부에게 취직을 부탁했다. 그이의 조카가 낮에는 국회에서 사환 일을 하면서 밤에는 야간 여고에 다닌다는 이야기를 들었기 때문이다. 지금도 그렇지만 모두 가난하게 살던 당시에는 그저 친분이나 간절한 부탁만으로 취직이 가능하지는 않았을 테다. 이 대목에서 나는 외할아버지가 취직 청탁의 대가로 무엇을 치렀을지 궁금해지곤 한다.

일자리 청탁이 성공하여 어머니도 국회 사무처에서 사환으로 일하게 되었고, 야간 여고에 입학했다. 어느 날 사무실에 아무도 없을 때 전화를 받았는데, 수화기 저쪽에서 영어가 흘러나오니까 어머니가 당황해서 그냥 끊어버린 일이 있었다. 당시 사무총장이던 이철원 의원이 나중에 자기가 자리에 없을 때 미국 사람에게 전화가 오면, "히 이즈 아웃He is out"이라고 말하라고 알려주었다. 어머니는 이철원 사무총장이 미국에서 공부한 사람이라 영어가 능통했고 친절한 신사였다고 회상한다. 백화점 간부의 조카는 김약수 국회부의장 밑에서 사환으로 일했다. 김약수 부의장은 일제에 맞서 싸우던 독립운동가이기도 했는데, 그 무렵 국회 프락치 사건에 연루되어 감옥에 가게 되었다. 그 사건을 말할 때마다 어머니의 목소리에는 여전히 큰 놀라움이 담긴다.

"수학은 전교에서 나 혼자 백 점을 맞았어." 어머니는 당시

의대 학생이던 수학 선생님을 자주 회상한다. 그 학교 교감의 아들이던 그는 피부가 하얗고 키가 큰 미남이었다. 그래서 어머니는 수학을 열심히 공부했다. 혼자 백 점을 맞으면 선생님이 정희야, 네가 또 백 점이다, 라고 말해주는 게 행복해서였다.

6·25가 일어나던 해 외할아버지가 갑자기 쓰러져 돌아가셨다. 전쟁이 나자, 이미 결혼해서 가정을 이룬 이모와 외삼촌은 자기 가족을 데리고 피난을 가버렸다. 어머니는 홀로 된 외할머니와 서울에 남았다. 그때 먹을 게 없어서 외할머니와 함께 철원 근처의 시골을 돌아다녔다. "어느 집에 들어갔더니 전에 우리 아버지 방앗간에서 일하던 사람이 사는 거야. 어떻게 그런 우연이 있는지. 그이가 보리쌀을 조금 챙겨주었어." 어머니가 보리쌀을 지고 걷는 동안, 외할머니는 밭에 떨어져 있는 열무 이파리 같은 푸성귀들을 주우며 뒤따라왔다.

그때의 굶주림이 지긋지긋해서인지 어머니는 1·4후퇴 때 부산으로 떠나는 국회 직원 전용 열차를 탔다. 외할머니는 홀로 서울에 남았다. 부산에서는 미군이 징발한 D호텔에 사무처 직원들과 함께 기거하면서 낮에는 고등학교에 다니고 밤에는 미군 보급 기지창OBD에서 일했다. 숙식을 해결할 길이 없었기 때문이다. OBD에는 그런 식으로 일하는 대학생, 고등학생들이 많았다. 하루에 두세 시간밖에 잠을 못 잤고 잘 먹지도 못했다. 한 번은 쓰러져서 병원에 실려갔는데 영양실조로 인한 빈혈이라는 진단을 받았다.

그렇게 지내고 있는데 어떻게 알았는지 외삼촌이 D호텔로 찾아와 외할머니가 돌아가셨다고 알려주었다. 식구들이 부산으로 모두 피난 가고 혼자 서울에 남았다가 먹을 것이 없어서 그렇게 되었다고 전했다. 어머니는 외할머니가 돌아가신 것을 직접 본 것도 아니고 장례식도 치르지 않아서 그 말을 믿을 수 없었다. "부산 거리를 걷다가 엄마 같은 사람의 뒷모습을 보면, 막 뒤따라가서 얼굴을 확인하고 그랬어."

OBD에서 클럭이라고 불리는 사무원으로 일하면서 어머니는 타이피스트가 될 마음을 먹었다. 클럭과 타이피스트의 월급 차이가 꽤 컸다. 타이피스트는 타자만 치는 게 아니라 영어도 할 줄 알아야 했다. 어머니는 영어 단어를 외우고 눈치껏 회화를 익혔다. 어느 날 어머니가 미국인 상사에게 물었다. "점심시간과 휴식시간에 사무실의 빈자리에서 타이핑 연습을 해도 됩니까?" 그러자 상사가 대답했다. "오, 네가 돈을 더 많이 벌고 싶구나. 나는 뉴욕에 있는 대학에 다니다가 온 젠틀맨이니, 너를 도와주마."

그날부터 어머니는 점심시간과 다른 사람들이 커피를 마시는 휴식시간에 홀로 영어 타자를 연습했다. 마침내 타이피스트로 일할 수 있게 되어 처음에는 부산의 국제 세관에 취직했다. 그다음에는 월급을 훨씬 많이 주는 미국 선박회사에서 일했다.

그 당시 대졸 출신 은행원 초봉이 삼사천 원이었는데, 어머니의 월급은 만 원이었다. 거기에 매달 리베이트라고 불리는 성과급이 만 원 정도 더 붙었다. 그래서 한 달에 만 원씩 꼬박꼬박 저금할 수 있었고, 무일푼이던 아버지와 결혼할 때 어머니가 저축한 돈으로 집을 얻었다.

아버지와 결혼하고 난 뒤의 일이다. 어느 부부 동반 모임에서 아버지의 고향 선배라는 의사를 만났다. 그 사람이 서울의 대를 졸업했다는 말을 들었다. 어머니는 연배가 비슷한 거 같아서 신광여고 수학 선생님 이름을 대면서 아시느냐고 물었다. 아버지의 고향 선배는 수학 선생님을 잘 안다고 반색했다. 어떻게 지내는지 아시냐고 물었더니, 결혼해서 개업의로 잘 지내고 있다고 했다. 어머니는 연락처를 물어보려고 하다가 그만두었다. 그 뒤로는 아무 소식도 듣지 못했다면서, 어머니는 덧붙였다.

"아마 그 선생님이 첫사랑 비슷한 거였나봐."

관인 이모

이모는 일 년에 한두 번쯤 우리집에 불쑥 찾아왔다. 명절도 아니고 어머니 생일도 아니었다. 초인종 소리가 들려서 대문을 열면, 흐릿한 빛깔의 한복 차림에, 보따리를 가슴에 안은 이모가 서 있었다. 덜 자란 소녀처럼 좁은 어깨를 잔뜩 움츠린 채 흰 고무신 코를 향해 시선을 떨어뜨리고 있었다. 어머니는 마뜩하지 않은 얼굴로 이모를 한참 바라보았다.

이모는 식구들 사이에 끼어 앉아 밥을 아주 조금 먹었다. 밥을 먹은 뒤에는 언제나 '뇌신'이나 '명랑' 같은 이름이 적힌 약을 먹었다. 밤에는 언니들과 내가 자는 방의 한쪽 구석에 이불을 펴고 잤다. 비녀를 빼자 한 줌도 안 되는 이모의 회색 머리카락이 힘없이 흘러내리던 모습이 떠오른다. 밤새 이모의 머리맡에는 꽃무늬가 새겨진 백동 비녀가 놓여 있었다. 아침이 되면, 인사말도 없는 어머니의 냉랭한 배웅을 받으며 이모는 떠났다. 사는 곳이 관인이라 관인 이모였으나, 아주 어릴 때는 이모의 이름이 관인인 줄 알았다. 그렇게 '관인'은 흐릿하고 적막한 은빛 단어로 나에게 남았다.

　나중에 알게 된 사실이지만 이모는 결혼한 뒤 남편과 헤어졌다. 헤어진 게 아니라 이모부가 일방적으로 집을 나갔다고 했다. 이유는 잘 모른다. 자식도 없이 혼자 사는 이모를 위해 외할아버지가 관인에 여관을 차려줬다. 외할아버지는 정미소를 운영하던 부유한 자영농이었다. 이모는 가까운 친척 중에 양자를 들여서 함께 여관을 운영했다. 그뒤 어떤 일들이 있었는지 모르지만, 우리집에 이따금 찾아올 무렵에는 남루한 시골집에 혼자 살고 있었다. 나의 외조부모는 재혼한 부부였고, 관인 이모는 외할머니가 개가하기 전에 낳은 딸이라는 말을 들은 적이 있다. 사실인지 어머니에게 물어보았는데, 당신 부모의 재혼 사실도 부정해서 더는 확인이 가능하지 않았다.

　어느 날 자정 가까운 시간에 전화벨이 울렸다. 청량리역 근처의 파출소라고 했다. 이모의 이름을 대면서 어머니와 자매 사이가 맞느냐고 물었다. 이모가 길을 잃고 헤매고 있어서 보호하고 있으니 와서 데려가라는 내용이었다. 너무 늦은 시각이라 어머니는 아버지가 차를 운전해서 같이 가기를 바랐다. 아버지는 짜증 섞인 목소리로 아침 일찍 출근해야 한다며 어머니에게 택시를 타고 갔다 오라고 했다. 고등학생이던 나는 아버지에게 화가 났다. 시무룩한 표정으로 머뭇거리는 어머니에게 내가 같이 가겠다고 나섰다. 우리는 한적한 동네 골목에서 넓은 도로까지 걸어나가 삼십 분쯤 서 있다가 겨우 택시를 잡았다. 부르면 오는 택시 같은 건 없던 시절이었다.

파출소에 들어가서 이모를 만난 것도 다시 택시를 타고 돌아온 일도 모두 기억에서 사라졌다. 겨우 잡아탄 택시 뒷좌석에서 여전히 돌처럼 굳은 표정으로 한숨을 내쉬던 어머니의 모습과 한밤중의 어두운 도심을 지나 삼일고가도로 위를 달리던 기억만 남았다. 창밖을 내다보며 어머니와 내가 택시 기사에게 어디론가 납치당하는 건 아닐까 두려워했다. 당연히 그런 일은 일어나지 않았다. 다음날 아침 일찍 출근하는 아버지의 뒷모습을 바라보면서 나는 알 수 없는 우월감을 느꼈다. 당신보다 내가 더 나은 인간이오, 라는 기분이었다.

바로 그날인지 그 무렵인지 확실하지 않지만, 어머니는 이모를 요양병원에 입원시켰다. 양로원 같은 복지시설이었는지도 모르겠다. 그뒤로는 일 년에 한 번쯤 어머니가 이모를 보러 갔다. 언젠가 셋째 언니가 어머니와 함께 이모를 보러 갔던 일을 기억해냈다. 어머니가 전기구이 통닭과 귤을 잔뜩 사서 들고 갔는데, 이모가 면회실 식탁에 놓인 통닭 한 마리를 혼자서 다 먹었다고 한다. "뼈를 깨끗하게 발라서 고기 한 점 남지 않게 다 드시더라.

그때는 내가 어려서 어쩌면 저러시나 했는데, 지금 생각해보면 너무 가슴 아파. 거기서 먹는 음식이 시원찮았던 거야." 언니가 한숨을 쉬며 덧붙였다.

　이모는 키가 크고 옷맵시가 날렵한 사람이었다. 내가 기억하는 이모의 얼굴은 이미 수척하고 주름이 가득했으나, 선이 곱고 갸름했다. 나는 이모가 큰 소리로 말하거나 웃는 것을 본 적이 없다. 이모의 영혼이 평온하고 환한 어딘가에서 쉬고 있을 거라고 믿는다. ◗

아들

바퀴벌레를 발견해도, 설거지하다가 그릇을 놓쳐도, 빙판 위에서 미끄러질 뻔해도, "엄마야!" 하고 비명을 지른다. 그러면 아들이 달려오며 묻는다.

"왜?"

언제부터 너는 내 엄마가 되었니. ◗

토마토

몇 년 전까지만 해도 어머니는 능숙하게 카톡을 보냈다. 언니가 카톡을 깔아주기는 했지만, 올해 아흔인 분이 어떻게 스마트폰의 자판 쓰는 법을 익혔는지 신기하기만 했다. 언젠가는 나에게 '슾파게티'가 먹고 싶다고 써 보냈다. 스파게티보다는 슾파게티가 더 스파게티 같아서 혼자 웃었다. 어머니는 재작년에 전신마취를 한 상태로 척추 수술을 받았다. 그뒤 일 년여 정도 자주 꿈과 현실을 구별하지 못했고, 기억력도 망가졌다. 카톡 보내는 법도 잊었다. 그러더니 얼마 전부터 다시 카톡을 보내기 시작했다. '희령아 내일 누가 오니?' 보호사님이 오지 않는 주말에 누가 와서 밥을 챙겨주는지 걱정이 되는 거다. '제가 아침에 가요.' 금세 답장이 온다. '그래 고맙다.'

어머니에게 라이언이 바구니에서 하트를 쏟아내는 이모티콘을 보냈더니, '얘가 뭘 자꾸 쏟는 거니? 토마토니?' 하고 묻는다. 하트인지 토마토인지 어머니는 잘 안 보이는구나. 그런데 카톡은 보낼 수 있구나.

어머니는 어릴 때 먹던 음식 이야기를 자주 한다. 외할머니 따라 절에 갈 때 따먹었던 산딸기며, 목화에 솜이 피기 전에 따 먹던 달고 시큼한 꽃이라든지, 그리고 겨우내 항아리 안에서 노랗게 물러지던 말랑말랑하고 달콤한 문배 같은 것들. 어머니 이야기를 듣고 문배가 뭔지 인터넷에서 검색해보았다. 야생 배인 돌배의 일종이라고 한다. 어머니가 어렸을 때는 우리나라 사람들이 토마토를 먹지 않았다고 한다. 밭에서 토마토를 본 적이 없다고 어머니는 말한다. 진짜일까.

토마토는 17세기에 우리나라에 처음 들어왔다고 한다. 남만 사람들이 먹는 감이라는 의미의 남만시南蠻柿 혹은 약용 작물로 번가番茄라 불렸다는 기록이 남아 있단다. 그러니 우리나라 사람들이 토마토를 먹지 않았다는 어머니의 기억이 의심스럽기는 하다. 사람들이 흔히 먹는 채소가 되기까지 시간이 걸렸을 수도 있고, 어머니 고향에서는 먹지 않았을 수도 있다. 문득 기록과 기억의 차이가 무엇인지 궁리해본다. 공적인 것과 사적인 것, 그리고 사실과 진실의 차이로까지 생각이 나아간다. 무엇에 더 무게 중심을 두고 살아야 할까. 정답은 아마도 '상황에 따라 다르다'겠지만. 정답이란 때로는 없는 것이나 마찬가지인 답이기도 하다.

어제 나는 어머니를 위해 토마토소스 스파게티를 만들었다. 시판 소스에 토마토, 마늘, 새우, 양송이 등등을 넣은 것이었다. 어머니는 먹을 만하다고 했다. ◖

5부

세상

어설픈 개인주의자의 고백

KBS에서 수행한 세대인식집중조사의 결과가 소셜미디어 공간에서 화제였다. 사람들이 가장 주목한 조사 결과는 '기회가 되면 내 것을 나눠 타인을 도울 것이다'라는 문항에 대한 20~34세 남성의 응답이었다. 남녀를 불문한 다른 세대의 답변과 달리 유독 청년 남성 세대에서 (주관적 계층의식이) 고소득층으로 갈수록 '내 것을 나누겠다'라는 답변이 급격히 감소했다. 다른 세대의 남녀보다 현저하게 낮은 비율이었다. 나에게 또하나 깊은 인상을 남긴 부분은 환경문제와 관련해서 '환경보다 개발이 중요하다'라고 응답한 20~34세 남성이 43.8%나 된다는 사실이었다. 내 것을 나눌 생각이 별로 없는 사람일수록 환경보다는 개발이 중요하다고 생각하는 걸까? 이 시대의 청년 남성들이 내가 초등학생이던 1970년대의 경제개발계획 입안자들과 비슷한 가치관을 지니고 있음이 흥미로웠다.

청년 시절에 나는 어떤 생각을 하고 있었는지 새삼 돌이켜 본다. 그때의 나와 지금의 나는 몸도 정신도 전혀 다른 사람 같다. 청년 시절의 나에게 '기회가 되면 내 것을 나눠 타인을 돕겠느냐'고 묻는다면 뭐라고 대답했을까? 잘 모르겠다. 그 무렵 나는 타인이나 공동체에 그다지 관심이 없었다. 모든 관심이 나 자신에게 쏠려 있었다. 성취는 오직 내 힘으로 이룬 것이고, 실패도 오직 내가 못난 탓이라 여겼다. 이기적이라고까지 할 수는 없으나 극단적 개인주의자였다. 인간의 삶이란 비바람 몰아치는 들판을 홀로 걷는 것이고, 좋든 싫든 인간의 생존방식은 오직 각자도생의 길뿐이라고 믿었다.

자신을 비장한 운명의 주인공 자리에 세워놓으면 세상이 온통 어두워 보이기 마련이다. 살아오면서 스스로 가장 가난하다고 생각하던 시절이었고, 1970~1980년대의 억압과 훈육으로 얼룩진 학창시절을 거치면서 타인을 지옥으로 인식했다. 무엇을 성취하든 개인의 능력이 이룬 것이라는 믿음도 그런 교육의 영향일 것이다. 객관적으로 따져보면 경제적 조건이 최악은 아니었다. 고등학교를 졸업한 이후 나는 대학 등록금과 용돈 정도는 내 힘으로 벌어서 살 수 있었다. 집세를 걱정하거나 병든 부모를 부양해야 할 상황은 아니었다. 알고 보면 개인주의라는 것은, 그래도 살 만한 사람들이 장착하는 '주의'이다.

그 무렵 내가 마주친 어떤 장면이 머릿속에 남아 있다. 출근 시간에 사람으로 꽉 찬 버스를 타고 한강 다리를 건너고 있었다. 나는 다리를 건너자마자 내려야 했기에 사람들 사이를 비집고 미리 출입문 앞까지 나왔다. 손잡이 기둥에 몸을 의지한 채, 출입문 계단 중간에 서 있던 버스안내원의 얼굴을 내려다보게 되었다. 십대 후반 혹은 스무 살 남짓으로 보이는, 나와 비슷한 또래의 여성이었다. 도로가 정체되어 버스는 아주 천천히 움직이고 있었고 유리창 밖에는 한강이 파랗게 빛나고 있었다. 무심코 안내원의 얼굴을 보다가 그녀가 스피커에서 흘러나오는 노래를 나지막하게 따라 부르고 있음을 알아차렸다. 당시에 유행하던 조용필의 노래였다.

버스 출입문이 하나뿐인 시절이었다. 차장 혹은 안내양이라고 불리던 여성들은 승객을 태우고 내리면서 요금 받는 일을 했다. 승객이 모두 타면 버스 몸통을 손으로 쾅쾅 치는 동시에 "오라이!"를 외치거나, 발 디딜 틈 없이 꽉 찬 버스 안으로 승객을 밀어넣었다. 노량진으로 향하는 버스 안에서 유행가를 흥얼거리는 그녀를 만나기 전까지, 내 기억 속 안내원의 모습은 곡예하듯 손잡이에 아슬아슬하게 매달려 문을 닫는 사람이었다.

창밖에서 반짝이는 강물이나 그녀의 파리한 안색 때문이었을지도 모른다. 서정적 노래 가사가 마음을 흔들었을 수도 있다. 그 순간 나는 그녀의 외로움을 느낄 수 있었다. 그동안 수백 명의 '안내원'을 만났을 테지만, 조금 과장하자면, 그 직업에 종사하면서 감정을 지닌 '한 사람'을 만난 건 처음이었다. 나는 잠깐 숨 돌리는 시간에 창밖을 보며 나지막하게 노래하는 소녀가 안내원으로 일하고 있는 장면을 목격했다. 그 무렵의 나는 오직 나만을 위해 울 수 있는 사람이었기에 그 상황이 슬프지는 않았다. 그저 당혹스럽고 불편했다.

무엇이 불편했을까. 나는 학교에 다니고 있고 그녀는 돈을 벌고 있는 노동자라서? 그건 사실이기도 했지만, 사실이 아니기도 했다. 학생은 공부하고 노동자는 일한다. 그뿐이다. 그가 누구든 무슨 일을 하든 원칙적으로는 세상을 향해 거리낄 것이 없다. 그러나 그 시절 버스안내원으로 일하는 사람이라면, 경제적으로 어려워 상급학교에 진학하지 못했을 것이고, 강도 높은 노동의 대가로 형편없는 임금을 받으면서 온갖 수모에 시달려야 했을 것이다. 그러니까 나는 같은 또래의 빈곤층 저학력 여성이 겪는 차별과 사회적 편견에 대해 어렴풋이 알고 있었다. 그것이 불편한 마음의 이유였다. 나는 알고 있었고, 그녀가 노래하는 모습을 목격한 순간 그것을 모르는 척할 수 없게 되어버렸다.

언어의 세계에서만 각각 다른 관념으로 존재할 뿐 현실에서는 서로 기대어야 의미를 갖는 단어들이 있다. 개인과 공동체라는 말이 그렇다. 공동체는 사적 관계로 얽힌 개인들의 연대이다. 얼굴 없고 이름 없는 대중이 모여 세력을 형성하는 전체주의적 집단과는 다르다. 개인이란 무엇일까. 물리적인 신체의 피부를 경계로 그 내부에 있는 존재를 가리키는 것일까. 인류의 종말이 시작되어 어느 날 이 세상에 오직 나 혼자만 남았다고 가정해보자. 그런 나를 개인이라고 부를 수 있을까? 도덕이나 관습을 반드시 지켜야 할까? 여전히 내 이름이나 자아실현 같은 것이 중요할까? 말과 글이 유효할까?

이제 육십대에 들어선 나에게 '기회가 되면 내 것을 나눠 타인을 도울 것이냐'라는 질문을 한다면, '그렇다'라고 대답할 것이다. 평생 공동체의 한구석에서 옹색하게 살아온 어설픈 개인주의자의 고백이다. 공동체 없이는 개인이라는 개념도 성립하지 않는다. 행복한 개인의 필연적 조건은 공동체의 좋은 구성원이 되는 것이다. 지난 세월 좌충우돌하며 깨달은 것은 공동체의 좋은 구성원이 되려면 실수하고 배우고 또 실패하고 학습하는 일을 거듭해야 한다는 사실이다. 바람직한 시민이 되고자 노력하지 않아도, 타인을 돕기 위해 내 것을 내줄 생각이 전혀 없어도, 나누면서 살아갈 도리밖에 없었다. 개인주의자로 천명하며 웅크리고 살 수는 있어도 누구의 영향도 받지 않는 고립된 개인으로 살 수는 없었다. 주위를 둘러보라. 스스로 개인주의자라고 공언하는 이들도 웅성웅성 모여서 무리를 이루려 애쓰고 있음이 눈에 들어올 것이다.

선택할 수 있는 것은 나누는 태도뿐일지도 모른다. 누군가는 마냥 움켜쥐려고 애쓸 것이고 누군가는 기꺼이 나눌 것이다. 윤리는 의무나 당위가 아니라 인간이 존재하는 방식을 아름답게 하려는 노력이라고 생각한 적이 있다. 아름답게 살아보자. 🌱

기품 있는 죽음

'고맙습니다. 국밥이나 한 그릇 하시죠. 개의치 마시고.'

사진 속 하얀 봉투에는 검정 사인펜으로 쓴 글자들이 선명했다. '개의치 마시고'는 다른 글자들보다 더 크게 쓰여 있었다. 봉투 안에는 십만 원가량의 현금이 들어 있었다고 한다.

봉투를 남기고 스스로 목숨을 끊은 이는 육십팔 세의 남성이었다. 2014년 연말쯤 신문에 실렸으나 여전히 기억 속에 생생히 살아 있는 사진과 기사다. 그는 SH공사의 독거노인 전세 지원금을 받아 열다섯 평 남짓한 공간을 임대해서 살았다. 결혼은 하지 않았고, 노모를 모시고 살았으며, 기초생활수급자였다. 건축 현장 일용직으로 노동하면서 생계를 유지했으나, 노모가 세상을 뜬 후로는 아무 일도 하지 않았다. 그가 생을 마치기 석 달 전의 일이다. 살던 집을 주인이 매각했다는 사실을 알고, 그는

SH공사측에 퇴거하겠다고 통보했다. 이사하기로 통보한 날짜에 경찰은 시신을 발견했다. 그가 남긴 것은 장례비로 추정되는 백여만 원과 전기·수도 요금 고지서에 적힌 금액에 상당하는 현금으로, 모두 '빳빳한' 새 돈이었다.

새삼스레 몇 년 전 기사를 떠올리게 된 이유는 한때, 혹은 오랫동안 대한민국 경제를 좌지우지할 힘을 지녔던 재벌 총수 두 사람이 별세했다는 소식을 들었기 때문이다. 역시 언론 보도에 의하면, 십칠조 원에 이르는 추징금을 남겼으나 우리 경제에 큰 공헌을 했다는 평을 받은 이는 대통령이 조화를 보내 애도를 표하고 유명 인사들이 앞다퉈 조문하는 성대한 영결식 속에서 떠났으며, 구순을 넘기며 장수한 다른 한 사람의 경우는 외부의 조문을 마다한 채 조용하게 가족장을 치렀다고 한다.

쉰 중반을 넘으면서 죽음에 대해 생각하게 된다. 아니다. 원래 자주 하던 생각이지만, 가깝게 다가오니 내용이 더 구체적이고 절박해졌다는 게 맞을 것이다. 내가 참조할 수 있는 죽음이 어떤 것일까 골똘해지기 시작했다. 위에 사례로 든 여러 죽음 가운데 글의 첫머리에 인용한 죽음, 빈소나 제대로 마련됐을까 싶은 동대문구에 살던 최 모 씨의 죽음이 아마도 나의 죽음과 가장 가까울 것이라고 상상한다. 그렇게 생각이 이어지면, 그의 죽음에 따라붙는 여러 단어에 대해 이유를 알 수 없는 분노의 감정이 치솟는다. 빈곤의 사각지대. 돌봐줄 가족이 없는. 가엾은.

독거노인. 대책 없는. 기초생활수급자. 사회의 무관심…… 말은
참 쉽다.

　자기 시신을 수습할 사람들을 위해 빳빳한 새 돈을 준비하
는 사람이라면, 자신의 판단에 따라 삶을 마감했으리라 믿는다.
자기연민이나 자학이나 값싼 감상에 빠지지 않았을 것이다. 한
나라의 경제를 들었다 놓았다 할 힘은 없었을지 모르나, 열다섯
평 공간에 살면서 노동으로 생계를 이어가며 노모를 돌볼 힘을
지녔던 사람이다. 그건 결코 쉬운 일이 아니다. 가난 속에서 어
머니를 저버리지 않고 아버지를 욕하지 않을 수 있는 이가 얼마
나 드문지 아는가. 세세히 모르는 그의 삶을 함부로 동정하거나
훼손하고 싶지 않다. 그의 기품 있는 죽음을 존중한다. ◗

나의 상추 공급자

두 개의 아파트 단지를 가르는 이차선도로의 갓길에는 '찰옥수수 6개에 오천 원, 카드 환영'이라는 종이 푯말을 붙인 트럭이 서 있다. 지난겨울과 봄에 내걸린 종이에는 땅콩과 말린 대추, 계피 따위를 판다고 적혀 있었다. 똑같은 하얀색 일 톤 트럭이고 글씨체도 비슷해 보인다. 계절이 바뀌어 상품이 바뀐 것인가 생각하며 횡단보도를 건넌다.

도로를 건너면 아파트 상가를 양쪽에 낀 사각형 공간이 나타난다. 넓기는 넓은데 또 그렇게 넓지는 않고, 분명 사람이 오고가는 길인데도 그냥 서성이는 사람들이 더 많다. 작은 광장이라고 할 수 있을까. 사각형의 오른쪽 귀퉁이에 전기 카트를 세워놓고 유산균 음료를 팔던 중년 여성이 전동 휠체어를 타고 지나가는 초로의 남성에게 묻는다. "아저씨, 어디 가요?" "나? 아무데도 안 가는데?" 상가 화단을 등지고 놓인 벤치에 앉아 있던 할머니들이 두 사람을 멀뚱히 바라본다.

횡단보도 앞에서 신호등이 바뀔 기다리는 순간부터 내 눈은 길 건너편 어딘가에 있을지도 모를 그녀를 찾고 있었다. 생뚱맞게 빨간 장미 넝쿨이 우거져 있는 울타리 근처인가. 상가 화단 바로 옆 중국단풍나무 아래인가. 그녀는 보따리를 펼치고 푸성귀가 담긴 바구니들을 늘어놓고 있을 것이다.

작년 이맘때 처음 그녀를 보았다. 흔히 말하는 연예인급 미모인 젊은 여성이 길가에 상추 열무 아욱 같은 채소들을 펼쳐놓고 있었다. 예쁜 사람이 채소 장사를 하면 안 된다는 법은 없지만, 나도 어쩔 수 없이 세상에 떠돌아다니는 온갖 고정관념에 물든 사람이라, '저런 미인이 왜?'라고 생각하고야 말았다. 그리고 살 생각도 없으면서 괜히 그녀 앞에서 걸음을 멈추고 열무 한 단 가격을 물어보았다. "이거, 삼천 원." 어눌한 말투를 듣는 순간 그녀의 짙은 눈썹과 커다란 눈망울이 이국적인 외모임을 깨달았다. 그날 근처에 있는 대형 식자재 할인 매장에 들러 열무 한 단 가격을 확인해보았다. 가격은 똑같았으나 그녀의 열무가 훨씬 싱싱했다.

겨우내 보이지 않던 그녀가 봄볕이 따끈해질 무렵 다시 나타났다. 이즈음은 밭에서 푸성귀를 뜯고 돌아서면 다시 그만큼 자라는 시기다. 이제 나는 사흘에 한 번쯤 그녀에게 상추를 살 수 있다. 아무래도 마트에서 파는 채소보다는 밭에서 직접 딴 채소가 훨씬 푸릇하다. 시골에서 농사를 접고 도시로 올라온 뒤 마트에 진열된 대파나 상추 같은 것을 보면 저절로 한숨이 나왔다. 가격도 가격이지만, 풀기가 싹 가신 모습에 도무지 손이 가지 않았다.

"이거 직접 농사지은 거예요?" 상추를 비닐봉지에 담아주는 그녀에게 짐짓 물어본다. "네. 농사예요." "어디에서요?" "법곳. 저기, 대화동." 쑥갓도 한 봉지 달라고 말하면서 잠시 내 머릿속이 복잡해진다. 어느 나라에서 왔냐고 물어볼까. 엉거주춤 그녀가 내미는 쑥갓 봉지를 받으며 막 입을 떼려는 찰나, 어디선가 할머니 한 분이 나타나 외쳤다. "애기 엄마! 저기 갔다 올 동안 이것 좀 맡아줘." 무엇인가가 잔뜩 들어 있는 할머니의 카트가 그녀의 짐보따리 옆에 세워진다.

검정 비닐봉지를 들고 집으로 돌아오는데 뭔가 큰 깨달음을 얻은 것 같다. 아, 그렇구나. 그냥 애기 엄마면 되는 거구나. 머릿속에서 분주하게 베트남? 캄보디아? 필리핀……은 아닌 것 같고? 하던 내가 부끄럽다. 고유한 개성을 지닌 사람들을 하나로 뭉뚱그려 애기 엄마나 아줌마로 부르는 게 무례하다고 생각했다. 그런데 그게 꼭 그런 것만도 아닌 거다. 지나다니며 이따금 상추 한 봉지 사는 주제에 지나친 관심을 쏟은 것이 오히려 무례했을지도 모른다.

집에 와서 상추를 씻다보니 푸른 것들 사이에 빨간 장미 꽃 잎이 한 장 섞여 있다. 그녀의 얼굴이 떠오른다. 아무리 생각해 봐도 거짓말처럼 예쁘다. 흥, 예쁜 것만 기억하는 치사한 세상이 구나.

나는 괜찮은 사람

"시금치 한 단이 이렇게 비싸?"

동네 슈퍼에서 채소가 쌓여 있는 매대 앞을 서성이고 있을 때였다. 옆에서 혼잣말처럼 중얼거리는 목소리가 들렸다. 돌아보니 할머니 한 분이 내 얼굴을 빤히 쳐다보고 있다. "날씨가 추워져서 그런가봐요." 그러자 할머니는 바짝 다가와 묻는다. "별로 싱싱해 보이지도 않는데, 이거 살까, 말까?" 나는 당황하여 하나 마나 한 대답을 한다. "그러게요. 어떡하죠?" 할머니는 혀를 쯧쯧 차면서 카트를 밀고 가버린다.

얼마 전에 병원에 갈 일이 있었다. 입구에 세워놓은 스크린 앞에서 코로나19와 관련한 질문에 대해 아니오, 아니오, 아니오, 라고 연속적으로 답하고 있는데, 갑자기 뒤에 서 있던 중년 남성이 말을 걸어왔다. "어? 장갑 끼고도 터치가 돼요?" "이 장갑은 되는 거예요." 나는 모니터 앞을 떠나면서 어디에 가면 스마트폰 화면에도 터치가 되는 장갑을 살 수 있는지 알려주었다.

이따금 사람들이 불쑥 말을 걸어올 때마다 나이를 먹어가면서 내가 괜찮은 사람이 된 것 같은 흐뭇함에 잠긴다. 사소한 일상적 대화에 혼자 너무 감격하는 건가? 예전의 나는 낯선 이가 말을 걸면 불쾌해하거나 두려워하면서 몸을 피했다. 사람에 대한 믿음이 부족했거나 오만한 탓이었을지도 모르겠다. 이유를 알 수 없고 알 필요도 없으나, 아무튼 그러했다. 곁을 주지 않겠다는 기운을 뿜어내며 다닌 듯, 낯선 사람이 말을 걸어오는 경우가 거의 없었다. 시장에 가면 난감했다. 사전에 숙지한 대본이라도 있나 싶게 주거니 받거니 흥정하는 사람들 틈에서 혼자 몸이 굳었다. 그래서 누구하고도 말을 나누지 않아도 물건을 고를 수 있고 가격표대로 값을 치르고 나올 수 있는 대형마트를 주로 이용했다.

하지만 언제부터인가 나는 변했다. 낯선 이들과 아무렇지도 않게 말을 주고받게 되었다. 서로가 누구든 상관없이 뒤끝이 남지 않는 대화를 나누는 게 즐겁기까지 했다. 무엇이 나를 변하게 했을까? 오빠라고 부르라던 시골 장터 정육점 주인의 호통이, 거리에서 모자를 쌓아놓고 팔던 중년 여성의 '값을 깎지 않이 착히디'라는 칭찬이 떠오른다. 밤늦은 전동차 안에서 새로 산 스마트폰을 내밀면서 DMB 수신 방식을 알려달라던 내 또래 여성의 무심한 부탁도 기억난다. 불쾌하기도 했고, 속셈이 보인다고 생각하기도 했고, 귀찮기도 했다. 하지만 그들이 보여준 조건 없는 신뢰가 나에게 옅은 지문 같은 흔적을 남겼다.

이즈음 나는 사람과 사람이 만나서 얼굴을 맞대고 대화를 나누는 순간에 주고받는 기운이 있다고 믿게 되었다. 오랫동안 나를 알고 지지하는 사람들의 따뜻한 기운도 중요하지만 내가 누구여도 상관없는 낯선 이들이 불어넣어주는 신선한 공기도 중요하다. 피부 안쪽에 변하지 않는 내면이나 자아 같은 것이 도사리고 있을 거라는 어리석은 믿음을 무너뜨린다. 주위를 둘러싼 세상에 적응하고 상호작용을 주고받는 방식이 그대로 바로 나임을 깨닫게 해준다.

그리하여 나는 북적이는 시장을 선호하게 되었고, 전동차 안에서 옆에 앉은 승객에게 무람없이 말을 건넬 자세도 갖추었다. 그러자 세월이 변했다. 말을 건네기는커녕 마스크를 쓴 얼굴을 옆으로 돌리기도 미안한 현실이 되고 말았다. 사람들은 온라인으로 물건을 사고 식당에서는 키오스크로 주문한다. 이제는 비대면이 최선이다. 낯선 이에게 말을 걸려면 바이러스를 주고받을 위험을 무릅써야 한다. 애써 따라잡은 '괜찮은 사람'의 기준이 달라지고 있는 건가. 결국 나는 시대착오적으로 살 수밖에 없는 운명인가. ◖

폭설

작년 봄에 이사 온 집은 복도식 아파트다. 복도는 보온을 위해 난간 위를 알루미늄 창틀로 막아놓았다. 이런 형태의 공간에서는 각 세대의 현관이 나란히 늘어서 있는 긴 통로가 울림통 역할을 한다. 복도와 접한 방에서 일하고 있으면, 밖에서 온갖 소리가 들려온다. 초인종 누르는 소리, 택배 물건 내려놓는 소리, 어느 집 문이 열리고 사람들이 소곤거리며 엘리베이터 앞까지 걸어가는 소리. 사정이 이러하니 같은 층에 사는 이들의 일상을 대충 짐작할 수 있다.

　일요일 오후 서너시쯤, 그리고 주중에 두세 번 저녁 일곱시쯤, 복도에서 "엄마!" 하고 부르는 소리가 들린다. 삼십대 중후반쯤 되는 남성의 목소리다. 혼자 실고 있을 어머니가 걱정되어 주기적으로 들러보는 아들일 테다. 좁고 오래된 아파트라 독거노인들이 많다. 엘리베이터에서 할머니들과 자주 마주친다. 할아버지들을 만나는 일은 매우 드물다. 그 많던 할아버지들은 다어디로 갔을까?

엘리베이터뿐 아니라 거리에서도, 시장에서도, 공원에서도 할머니들이 눈에 잘 들어온다. 예전에는 무심히 지나쳤으나 나날이 관심이 늘어간다. 나의 가깝고도 확실한 미래는 여자도 남자도 아닌 할머니이기 때문이다. 장마가 지루하던 지난여름에는 잠깐이라도 비가 그치면 동네 공원에 할머니들이 모였다. 노인 복지관이 코로나 상황으로 문을 닫은 탓. 할머니들이 손뼉 치며 소리 높여 노래하는 장면을 목격한 적도 있고, "젊었을 때는 바느질 솜씨가 좋아서 실크 스카프 두 장으로 저고리 하나를 지어 입었어"라며 서로 뒤질세라 꺼내놓는 믿기 힘든 자랑에 귀기울인 적도 있다.

흔히 쇼핑 카트라 부르는 캐리어를 끌고 다니기 시작한 것도 할머니들에게 보고 배운 것이다. 빈 캐리어를 끌고 시장에 가다 보면, '빈 수레가 요란하다'를 체험으로 알게 된다. 장바구니가 묵직해지면 바퀴 구르는 소리가 한결 잠잠해진다. 할머니들은 과일은 과일가게에서, 생선은 생선가게에서, 채소는 채소가게에서 파는 시장을 대형마트보다 선호한다. 현금을 애용하기 때문에 거리에 매대를 벌인 상인들 대부분을 먹여 살리는 역할을 한다. 나도 길거리 물건을 몇 번 사보았는데, 그다지 가성비가 좋지 않다는 결론을 내렸다.

어느 일요일 오후, 쓰레기봉투를 들고 나가다가 "엄마!"를 부르던 목소리의 주인공과 마주쳤다. 추측과는 달리, 머리카락이 희끗희끗한 중년 남성이었다. 회색 바탕에 분홍색 곰돌이가 그려진 잠옷을 입은 할머니가 아들을 배웅하러 나와 있었다. 쓰레기를 버리고 다시 올라왔는데, 할머니가 여전히 복도에 서서 창문 밖으로 고개를 내민 채 아래를 내려다보고 있었다. 지나가면서, 안녕하세요, 라고 인사를 건넸으나 듣는 둥 마는 둥. 할머니는 집으로 돌아가는 아들의 뒷모습에서 시선을 떼지 못하고 있었다.

현관문을 열고 들어오며 어떤 의문이 떠올랐다. 할머니는 정말로 아들을 보고 있던 걸까? 아들이 이미 사라진 주차장을 바라보며 젊음, 사랑, 고달픔, 불화, 회한 같은 것들이 뒤섞인 시간의 뒷모습을 보고 있던 게 아닐까. 그건 가난하거나 부자이거나, 외롭거나 외롭지 않거나, 바라거나 바라지 않거나, 누구나 언젠가는 보게 될 뒷모습 아닐까. 먼지 쌓인 책들에 둘러싸여 앉아 있다가, 손자들의 끊이지 않는 귀여움에 지쳐갈 즈음, 무거운 카트를 끌고 신호등 앞에서 황급히 걸음을 멈춰야 할 때, 수많은 누군가는 성공이나 실패라는 이름을 벗어버린 반백의 시간과 문득 마주치게 될 것이다. 그런데 할머니, 결국 모두가 겪는 순간이라 생각하면, 이유는 모르지만 조금 위로가 되지 않나요. 나는 혼잣말로 중얼거린다.

폭설이 쏟아진 날 할머니는 또 곰돌이 잠옷을 입고 복도에 서서 창밖을 내다보고 있었다. 안녕하세요, 인사하며 지나가는데 할머니가 혼잣말처럼 중얼거렸다. 웬일로 눈이 많이 왔네. 이사 와서 처음으로 할머니의 목소리를 들은 날이었다.

마지막 가을

고속터미널역에서 이십 분쯤 기다리니 열차가 왔다. 사람이 많았다. 무겁다 싶은 배낭을 멘 채 도심을 통과해서 일산까지 가느라 시달렸다. 아마도 내 주위 사람들도 불편했을 것이다. 그러나 모두 조용했다. 누구 탓을 하거나 투덜거리는 이는 없었다. 다만 사람이 너무 많아 문을 닫을 수 없을 지경인데 막무가내로 밀고 들어오는 중년 여인을 향해 이십대의 청년이 "들어오지 말라고요, 위험하잖아, 도대체 왜 그러는 거야"라고 고함을 지르는 소동이 한 번 있었다.

구파발을 지나니 앞뒤로 한두 걸음 움직일 수 있는 여유가 생겼다. 조금씩 옆으로 떠밀리다가 좌석 앞 기둥 손잡이를 잡을 수 있는 공간까지 왔다. 내가 선호하는 자리였다. 얼른 손잡이를 꽉 잡고 버텼다. 우연히 앞에 앉은 사람을 보니 아까 막무가내로

밀고 들어온 중년 여인이었다. 동행인지 나란히 앉게 되어 말을
튼 사이인지 모르지만, 옆 사람에게 뭔가를 설명하고 있었다. 지
하철 직원들은 월급을 엄청나게 받는대요. 그런데도 돈을 더 달
라고 이러는 거야. 문득 짜증이 났다. 아니에요. 안전 인력 감축
하지 말자고, 위험한 업무를 외주로 돌리지 말자고 하는 파업이
래요. 끼어들고 싶었으나 용기가 없었다.

간신히 집에 와서 엘리베이터 앞에 섰다. 하필이면 엘리베이
터는 십칠층에 한참 서 있더니 거의 모든 층마다 서면서 내려왔
다. 실외에 노출된 복도식 아파트라 겨울에는 엘리베이터 앞으
로 부는 바람이 매섭다. 칼바람을 맞으면서 이제 겨울이 왔음을
실감하며 덜덜 떨고 서 있었다. 전동 휠체어를 탄 중년 남성이
엘리베이터 앞으로 왔다. 휠체어를 뒤로 돌리면서 내 얼굴을 흘
낏 쳐다보았다. 그러더니 혼잣말처럼 중얼거렸다. 전철 타고 오
는데 파업해서. 힘들게 왔네. 나도 정면을 바라보며 혼잣말처럼
대답했다. 네, 정말로요.

'마지막 가을'을 보고 돌아오는 길이었다. 친구들과 제천의
어느 리조트에 갔었다. 타고 온 자동차는 리셉션 건물에 주차하
고, 숙소에는 전기 카트를 타고 들어가야 하는 곳이었다. 가는
길에 카트 운전하는 기사가 유명 드라마를 찍었다는 장소를 보
여주었다. 그리고 나서 붉게 물든 단풍나무가 서 있는 한 지점
을 가리키면서 말했다. "저곳에서는 마지막 가을을 볼 수 있어

요." 처음에는 드라마 제목인 줄 알았다. 이어지는 이런저런 설명을 듣다가 '마지막 가을'은 카트 기사의 고유한 수사였음을 깨달았다. 친구는 숙소의 거실에서 창밖을 내다보면서 이런 집에서 산과 숲을 바라보며 혼자 살고 싶다고 말했다. 나도 그렇다고 맞장구를 쳤지만, 한편으로는 밤에 무서울 것 같다는 생각이 들었다.

엘리베이터에서 내려 복도 끝에 있는 내 집 현관문을 열었다. 리조트가 꽤 훌륭한 곳이어서 그랬는지 눈에 들어오는 내 집 풍경이 초라해 보였다. 🍂

속도의 톱니바퀴

늘 그렇지는 않지만 약속 시간보다 이삼십 분 일찍 도착하는 경우가 잦다. 조급증 탓이다. 그러다보면 만나기로 한 사람이 십 분쯤 늦어도 나로서는 삼십 분 이상 기다린 셈이 된다. 오래 기다렸다는 말을 기어코 하고야 만다. 시간은 돈인데 말이야, 억지를 부리다가, 이따금 문득 궁금해진다. 시간은 언제부터 돈이 되었을까.

시대에 따라 시간의 개념은 변화했다. 농경 사회였던 조선시대에는 촌각을 다툴 일이 별로 없었을 것이다. 시간보다는 날이나 달, 계절이 중요하다. 해시계나 물시계가 있었다고는 하지만, 개인용은 아니었겠다. 약속 시간은 어떻게 정했을까. 저녁밥 먹고 나서 물방앗간으로 오라든가, 아침나절에 은행나무 아래에서 기다리겠노라 했을까. 늦게 왔다고 한소리 들을 일은 없었을 것이다.

중세 유럽에서 시계는 성당의 미사 시간을 알리는 역할을 했다. 기계식 시계가 발명된 15세기 이후에는 도시마다 시민들이 시계탑을 세워달라는 청원을 하곤 했다. 생활의 질서를 위해서였다. 그때까지만 해도 시계가 알려주는 시간은 단지 객관의 지표 역할을 했을 테다. 요즘 읽고 있는 영국의 역사학자 시어도어 젤딘의 책에서는, 시간을 분 단위까지 정확하게 지키도록 강요하기 시작한 건 산업혁명 초기의 기업가들이라고 설명한다. 당시 노동자들은 정해진 시간에 공장에 나와야 하고, 마음대로 들락날락하지 못하며, 쉬고 싶을 때 쉬지 못한다는 사실을 전혀 이해하지 못했단다. 본격적 산업사회로 들어서면서 시간 엄수가 생활의 미덕이 되었고, 시간이 돈이라는 은유가 널리 사람들을 설득하는 힘을 지니게 되었을 것이다.

시간이 무엇보다도 절박하게 돈이 되는 지점은 노동을 단지 시간 단위로 계산하는 게 아니라 효율로 계산할 때다. 번역 일이 생계가 된 뒤 나는 시간당 얼마의 급여를 받는지 계산해보곤 했다. 한 시간 동안 원고지 몇 매를 번역하는지 헤아려보는 것이다. 그리고 나면 '빨라야 먹고살 만큼 번다'라는 것을 실감하게 된다. 인터넷 서핑을 하면서 한눈을 팔지언정 모니터 앞을 떠날 수 없다. 친교 모임을 위한 외출 같은 건 당연히 마감 뒤로 계속 미뤄지고.

같은 특수형태근로종사자에 속한다고 해서 내가 택배 노동자와 같은 노동 강도를 체험했다는 이야기는 아니다. 건당 얼마로 계산하는 수수료 체계나 노동시간에 포함되지 않는 배송 이전의 분류 작업, 몸을 쓰는 일임에도 산업재해보상법의 적용 대상이 되지 않는 부당함을 받아들일 수밖에 없는 구조의 톱니바퀴 속에서는 밥 먹는 시간도 잠자는 시간도 아플 시간도 허락되지 않는다. 이쯤 되면 시간이 돈이 아니라 주인님이다. 이윤의 가속도가 붙은 톱니바퀴는 어느 정도까지 옥죄어야 사람이 버틸 수 있는지 한계를 측정해보는 실험 장치 같다. 예상치 못했던 바이러스로 인해 벌어진 비대면 사태가 그 한계를 살짝 넘어서게 했으나 장치 자체가 근본적으로 변하지는 않을 것이라는 슬픈 예측을 버리기 힘들다.

시계가 필요 없던 시대로 돌아갈 수 없는 것처럼, 임노동도 자본주의도 돌이킬 수 없다. 하지만 지금은 산업혁명 초기도 아니고 노예제도도 존재하지 않는다.(정말일까?) 사람은 밥 먹고 잠자고 일하는 시간 외에도 빈둥거릴 시간이 필요한 존재라고 알고 있다. 자신에게 맞는 생활수준을 선택하고(혹은 받아들이고) 그렇게 사는 데 필요한 만큼만 일하는 것이 아마도 자유일 것이다. 이 세상 누군가는 자유롭게 살고 있을까. 사람들은 정말 자유를 원하는 걸까. 모르겠다. 다만 지울 수 없는 질문이 머릿속에서 맴돌 뿐이다.

왜 그렇게 빨라야 할까. 누구를 위해, 무엇을 위해? 🍃

종말의 상상

겨울이 시작될 무렵, 밤늦은 시각에 제2자유로를 달리고 있었다. 운전하면서 이따금 서쪽 하늘을 바라보았는데, 농익은 파파야를 길게 잘라놓은 듯한 달이 눈에 띄었다. 도로는 텅 비어 있었고, 멀리 덤불숲과 낮은 건물들 위로 불그스름한 빛이 감도는 달이 낮게 떠 있던 것. 아름답고 불길하구나, 라는 생각을 하는 순간 달이 갑자기 시야에서 사라졌다. 지평선 아래로 내려갈 고도는 아니었고 주위에 구름도 없었다. 조금 있다가 달은 일그러진 모습으로 잠깐 나타났다가 사라졌다. 수도권 하늘을 검은 그림자처럼 감싸고 있는 오염된 대기로 들어간 것이다. 문득 가까운 미래의 어느 시점으로 떠밀려가, 종말의 날, 지구에서 볼 수 있는 달의 마지막 모습을 목격한 기분이었다.

설날 다음날 동네 공원을 산책했다. 햇빛의 질감 속에서 봄이 느껴졌다. 함박눈을 구경할 수 없던 겨울, 머릿속까지 얼어붙는 엄혹한 섣달그믐의 추위를 경험할 수 없던 겨울, 제주도에 오래도록 폭우가 쏟아지던 미지근한 겨울이 물러가고 있었다. 공원에서 가장 높은 곳으로 올라가 내가 거주하는 신도시를 둘러보았다. 하늘은 청명했으나, 거무스름한 그림자 같은 공기층이 여전히 불길하게 지평선을 내리누르고 있었다.

며칠 전 오랜만에 옛 친구들과 만나 밥을 먹었다. 최근에 딸을 결혼시킨 친구 하나가 손주를 빨리 보고 싶다고 했을 때, 나도 모르게 고개를 저었다. "앞으로 세상이 어떻게 될지도 모르는데, 아기를 낳는다고?" "그게 무슨 말이야?" 되돌아온 물음에 대기오염, 해수면상승, 지구온난화, 기후변화, 신종 바이러스, 빈곤, 난민, 전쟁 같은 단어들을 장황하게 늘어놓았다. "과학자들이 알아서 해결할 거야. 그럴수록 다음 세대를 낳아야 희망이 있는 거지. 아기가 얼마나 사랑스러운데!" 친구의 항변에 마음속으로만 중얼거렸다. 아기의 작고 무기력한 몸은 혼란스러운 상황에서는 어른보다 몇 배 더 고통스러울지도 모르는데. 지금 여기서 누리고 있는 풍요와 편리는 미래 세대의 삶에서 빼앗은 것이라는 진실을 떠올리면, 희망과 사랑이라는 말은 가혹한 단어일 수도 있는데. 내가 너무 비관적인 걸까.

고열이 나면 해열제로 체온을 떨어뜨려야 살 수 있듯이, 2100년까지 지구의 기온 상승을 1.5도 이내로 방어해야 인류는 살아남을 수 있다고 한다. 그 마지막 기회의 시간은 앞으로 십 년에서 길어야 이십 년 사이, 2020년대뿐이라고 한다. 물론 지구는 멸망하거나 사라지지 않는다. 인간에게 쾌적하지 않고 인간에게 아름답지 않고 인간에게 고통을 주는 지구, 창백한 푸른 점으로 빛나지 않는 지구로 변할 뿐이다. 몰락하는 것은 화려한 문명과 엄청난 쓰레기를 생산했던 인류, 유전자 정보를 밝혀내 한 세대 안에서 스스로 진화를 이룰 수 있으리라던 인류, 만물의 영장으로 자부하면서 지구상의 다른 생명체와 스스로를 탐욕의 제물로 밀어넣었던 인류뿐이다. 그리하여 사라지는 것은 마주보며 웃을 수 있고, 대화를 나눌 수 있고, 손을 뻗어 포옹할 수 있던 우리의 다정한 몸들뿐. 🍃

중고차 운전자의 미래

횡단보도 앞에서 지나가는 자동차들을 유심히 바라보며 복잡한 기분에 잠기곤 했다. 담배를 끊은 사람이 담배를 입에 물고 있는 사람을 바라볼 때의 느낌과 비슷하지 않을까. 저들은 백해무익하다는 중독에서 여전히 벗어나지 못했구나, 라는 생각과 나도 딱 한 모금만 피워봤으면 좋겠다는 부러운 마음이 엇갈리는 상태 말이다.

이십오 년 동안 별 탈 없이 무사고 운전을 하다가 재작년에 차를 없앴다. 어느 날 문득 말만 앞세우고 사는 구태의연한 삶이 지겨워 단출하게 살기로 작정했다. 필요 없는 책, 옷, 가구 등속을 모두 버렸다. 십 년 넘게 타고 다니던 차도 없앴다. 물건에는 별로 애착이 없는 편이라고 믿었는데 차를 없애고 나서는 예상보다 상실감이 컸다.

그럼에도 내 몸의 단단한 외피처럼 느껴지던 자동차를 벗어나 웬만한 거리는 걸어다니다보니 모르고 지나치던 외진 골목, 노점상, (대부분 노인이나 학생인) 버스 승객들을 새롭게 만나는 즐거움이 있었다. 물론 불친절한 버스 기사와 말다툼하는 경험도 했다. 버스의 출입문 위에 '버스를 이용중인 당신은 오늘 하루 이산화탄소를 4.5킬로그램 줄이고 30년생 나무를 0.7그루 심었습니다'라는 글귀가 적힌 포스터를 발견했을 때, 내용의 진위를 의심하면서도 지구의 평균 기온 상승을 1.5도로 억제하기 위해 미미한 힘을 보태고 있다는 자부심을 얻었다.

얼마 전부터 새로운 고민에 빠졌다. 타던 차를 폐차시키고 전기차로 바꿀 거라는 선배의 말에 폐차하지 말고 내게 넘기라는 부탁이 저절로 튀어나온 것이다. 선배의 새 차가 출고되기를 기다리는 동안 내 마음은 탄소중립에서 탄소중심으로 하루에도 몇 번씩 오락가락했다. 지금이라도 필요 없다고 말할까. 아니, 어차피 폐차시키면 그것도 쓰레기인데, 언젠가 여유가 생겨 전기차를 살 때까지만 중고차를 타면 되지 않을까. 마음은 갈피를 잡지 못했으나, 시간이 흘러 몸은 마침내 선배가 십사 년 동안 타던 차를 자동차등록소에서 받아 오고야 만다.

최근에 DMZ영화제에서 상영중인 〈꿈을 뒤덮은 먼지〉를 봤다. 인도네시아의 한 마딧기 미을이 전기차 배터리의 주요 원료인 니켈 광산으로 변해가는 모습을 찍은 다큐멘터리다. 흰 모래와 푸른 바다로 유명한 관광지였던 마을은 현재 흙이 벌겋게 드러난 산으로 둘러싸인 먼지 구덩이로 변했다. 해마다 수백 건의 산사태로 수백 명의 주민이 사망했다. 같은 이유로 필리핀은 니켈 채굴을 중지하기로 결정했다고 한다. 예전에는 어부였으나 이제는 광산에서 덤프트럭을 운전하는 폴라가 등장한다. 그의 딸은 공부를 열심히 해 의사가 되고 싶다는 꿈을 이야기한다. 그러나 산사태 위험 지역에 있는 학교는 오래전에 문을 닫았다. 일론 머스크가 인도네시아와 오조 원 상당의 니켈 구입 계약을 체결했다는 마무리 자막을 보면서 폴라의 딸이 의사가 될 가능성과 내 형편에 값비싼 전기차를 마련할 가능성을 잠시 저울질해보았다.

화석 기록으로 보면 자연발생적으로 일어나는 생물종의 멸종은 과거 매년 한 종꼴이었다고 한다. 그러나 세계자연보전연맹에 의하면 지난 십 년간 지구상에서 매년 46.7종이 멸종했다. 이러한 속도로 진행되는 멸종은 생명의 그물망 체제에서 도미노 현상으로 이어지면서 인간에게도 피할 수 없는 운명으로 닥칠지도 모른다.

하지만 멸종이 인류의 안락사가 아니듯이, 인간이라고 모두 같은 인간은 아니다. 기후와 환경 문제는 모두에게 동시에 같은 강도로 밀어닥치는 위기일 수 없다. 짐작하건대 덤프트럭 운전자의 미래와 중고차 운전자의 미래, 그리고 '지속 가능한 에너

지'를 이용하는 전기차 운전자의 미래는 같은 속도로 오지 않을 것이다. 🍃

낳을 권리

오래전 어느 출판사 관계자와 밥을 먹는 자리에서였다. 이런저런 이야기 끝에 불쑥 질문이 날아들었다. "바깥 분은 무슨 일을 하세요?" 처음 만난 이였다. 뜬금없는 호기심에 의아했으나, 잠시 머뭇거리다가 대답했다. "이혼하고 혼자 살고 있어요. 아들이 하나 있고요." 예기치 못한 대답에 그녀는 당황한 듯 보였다. "어머나, 그런데 어쩌면 그렇게 밝으세요?" 어색한 상황을 수습하고자 튀어나온 말이었겠으나, 더욱 어색한 분위기가 되고 말았다.

집에 돌아오는 길에 그녀가 했던 말이 자꾸 떠올랐다. 칭찬인가, 비아냥인가. 아이를 키우며 혼자 살면 어두워야 하나? 그저 '불편'에 불과했던 상황을 군이 '불행'으로 인식하게 만드는 시선을 실감했다. 세상 물정 몰라서인지, 주위 사람들이 선량해서인지, '비정상 가족'이라는 편견의 벽에 자주 부딪히지는 않았다. 현실적으로는 돈을 벌면서 아이를 키우는 일을 동시에 해야 하는 상황이 더 버거웠다. 당연히 어느 쪽도 잘하지 못했으나, 그마저도 다른 사람들의 도움 없이는 힘들었다.

어느 여성 방송인이 자발적 비혼모가 되었다는 소식이 들려온다. '요즘 한국에서는 낙태를 인정하라는 목소리가 나오고 있는데, 그렇다면 거꾸로 생각해서 아기를 낳는 것도 인정해달라'는 그녀의 발언이 나의 관심을 끌었다. 낳지 않을 권리가 있듯이 낳을 권리도 있다는 이야기다. 딱히 틀린 구석을 찾아보기 어렵다. 그러나 과연 낳지 않을 권리와 낳을 권리가 같은 평면에서 논의될 수 있을까, 라는 의문이 들었다.

낳지 않을 권리를 말할 때 염두에 두는 것은, 낳아서 키울 사회경제적 여건이 되는가, 홀로 아이를 낳는 것을 바라보는 세상의 시선이 두렵지 않은가, 내가 정말로 자식을 원하는가, 대충 세 가지일 것이다. 첫번째와 두번째 문제는 은연중에 가부장제라는 연결고리로 서로 얽혀 있다. 그래서 낙태를 불법으로 규정하기도 하지만, 결혼하지 않고 아이를 낳는 것 역시 동의할 수 없다는 모순이 생긴다. 어릴 적에 나는 생리적 필요를 보살피는 사람은 어머니, 사회경제적 지원을 해주는 사람은 아버지라고 구분했다. 가부장제 속에서 나고 자란 사람이라 그렇게 생각할 수밖에 없었다. 살다보니, 그건 역할 구분이 아니라 위계질서였다. 부모의 역할 구분이 의미가 없는 것은, 아이 하나를 낳고 키우는 일은 혼자가 아니라 둘이라도 어려운 일이기 때문이다. 가족이라는 울타리 안에서만 이루어질 일이 아니다.

　비혼이면서 자식을 낳을 권리를 말하는 이들은 사회경제적으로 충분한 능력이 있으리라 짐작된다. 물론 세상의 시선은 두려울 것이다. 그러나 굳이 덧붙이자면 가난은 모멸에 더 취약하다. 지금 이곳에서 낳지 않을 권리에 대한 목소리가 더 높은 이유는, 편부든 편모든, 홀로 아이를 키우는 사람을 지원하는 제도나 배려하는 시선이 부족하기 때문일 것이다. 빈곤과 차별 속으로 아이와 함께 기꺼이 걸어들어갈 사람이 얼마나 있을까.

　'그러니까 결혼하면 되지 않느냐' '그럴 상황이 아닌데 임신을 왜 하느냐'라는 힐난이 들리는 듯하다. 세상에서 가장 쉬운 일은 가만히 앉아서 남을 비난하며 훈수를 두는 일이다. 미리 계산할 수 없는 우연과 조건들이 서로 영향을 미치는 복잡한 곳이 세상이며, 세상은 또한 끊임없이 변한다.

　변화는 당연한 일을 하지 않음으로써 시작되기도 한다. 온갖 신념과 제도로 직조된 사회에서 개인에게 간신히 허용되는 것은 무엇인가를 하지 않을 권리뿐인지도 모른다. 낳을 권리 또한 '결혼하지 않고 자식을 낳을' 권리다. 가난하다고 사랑을 모르겠느냐던 신경림 시인을 굳이 인용하지 않아도, 누군가를 사랑하는 일이나 자식을 낳는 일은 경제적 가난과는 상관없는 마음의 영

역이다. 언젠가는 낳지 않을 권리와 낳을 권리가 같은 평면에 놓여 논의되는 날이 오기를 바란다. ◖

드론의 시각

미국의 사진작가 안 마이 레의 〈29그루의 종려나무〉 연작은 작가가 미 해병대의 군사훈련에 직접 참가하여 찍은 사진들이다. 훈련은 국경지대인 사막에서 진행되었으며, 촬영은 높은 고도에서 이루어졌다. 레의 이름을 인터넷으로 검색하면 황야에서 솟아난 섬광들이 밤하늘에 기하학적 도형을 만드는 사진이 먼저 눈에 띈다. 야간 작전에서 장갑차 대대가 쏘아올린 포탄이 그리는 궤적을 찍은 것이라고 한다. 전투 복장의 병사들이 광활한 자연을 가로질러 저멀리 장난감처럼 보이는 탱크와 수십 개의 점으로 보이는 또다른 병사 무리를 향해 행군하는 장면도 있다. 이런 사진들은 항공정찰, 위성 그리고 드론의 시점에서 본 전쟁의 풍경이다.

높은 고도에서 아래를 내려다보는 드론의 시점에서는 참혹

한 전쟁도 아름답고 웅장한 풍경이 된다. 미사일이 날아가 목표물에 명중했을 때의 명쾌한 파괴력은 당연히 그 자리에 존재했을 인간의 두려움이나 고통을 쉽게 삭제한다. 드론의 시점에서 인간은 잘 보이지 않는다. 만약 인간이 보인다면, 집단으로서의 군대나 국민, 더 나아가 정체를 알 수 없는 군중의 형태일 테다. 표정을 볼 수 있고, 목소리를 들을 수 있고, 손을 뻗어 닿을 수 있는 개인이 아니다. 전쟁터에서 피투성이가 되고 팔다리가 잘려나가는 개인이 아니다.

인간을 바라볼 때 드론의 시점을 취하기 쉬운 위치가 있다. 한 집단의 리더, 군대의 지휘관, 대통령, 기업의 경영자, 고위 관료처럼 높은 지위와 권력이 밀어올려놓은 자리들이다. 이런 자리에 오르게 되면 역할의 특성상 인간의 눈이 아니라 드론의 눈으로 세상을 본다. 이들은 인간을 개인으로 마주보는 게 아니라 집단의 구성요소로 바라보기 때문에, 집단의 움직임과 위치를 근거로 개인의 희생을 유도하는 판단을 내리게 된다.

예를 들어, 드론의 시각에서는 화물차 운전자 대부분이 하루 열두 시간 이상 운전하며, 그 외 시간에도 정차한 채로 화물차 안에서 대기하고, 쪽잠 자고, 밥을 먹고, 해가 뜨는 것을 보면서 퇴근하는 각박한 현실을 보지 못한다. 어쩌면 볼 필요가 없는지도 모른다. 고도가 높은 자리에 있는 이들은 노동자의 삶을 경험하지 못했고 앞으로도 경험할 기회가 없을 것이다. 따라서 현실을 개선하려는 당사자들의 결단과 행동을 '집단이기주의적 행동'으로 쉽게 규정할 수 있다. '산업기반이 초토화될 수 있는 상황'이라며 '북핵 위협과 마찬가지로 국민을 위협하는 행위'라고 주장할 수도 있다. 이태원 참사를 책임져야 할 위치에 있는 사람이 파업을 '이태원 참사와 같은 사회적 재난'이라고 표현하기도 한다. 수면 부족에 시달리면서도 멈출 수 없어서 달려야 하는 화물차 운전자도 국민이고, 휴식을 제대로 취하지 못한 운전자가 운행하는 화물차를 도로에서 마주쳐야 하는 개인도 국민이다. 물류가 멈춰서 초토화될지도 모른다는 생산 현장의 국민이나 일상에 불편을 겪는 국민만이 국민은 아니다. 범주가 애매한 집단인 국민이라는 단어는 어떤 상황에서도 유리하게 사용할 수 있다.

정치가나 기업의 CEO나 고위 관료 들은 그렇다고 하더라도, 정치가나 기업의 CEO나 고위 관료의 시선으로 보아야 할 이유가 없는 개인조차 드론의 시각으로 타인을 보는 건 이상한 일이다. 화물연대 파업에 관한 뉴스에 달렸던 조롱의 댓글을 볼 때, 경제성장과 물가, 일자리를 걱정하며 전형적인 설명을 늘어놓는 이들을 볼 때, 세상에는 제자리와 상관없이 관리자의 태도로 살아가는 사람이 꽤 많음을 깨닫는다. 세상 쓸데없다는 연예인들 걱정하는 일에 못지않게 납득하기 힘든 일이다. ◗

차이

눈앞으로 하얀 비둘기 한 마리가 날아갔다. 카트만두의 국내선 공항 대합실에 앉아 있을 때였다. 실내에서 날아다니는 비둘기라니, 헛것을 봤나 싶어 주위를 둘러보았다. 천장이 높은 허름한 청사 건물의 이층 창문턱에 마치 빨랫줄에 앉아 있는 참새들처럼 비둘기들이 나란히 앉아 있었다. 잠깐 사이에 서너 마리가 또 푸드득 날아올랐다.

나의 신형 스마트폰을 빤히 바라보는 옆자리 네팔 여성을 의식하면서, 관광객들과 네팔 현지 사람들이 북적이고 있는 공간에서 조금 복잡한 기분에 빠져들었다. 우리나라에서는 가난한 계층에 속하는 내가 값비싼 비행기 삯을 지불하고 날아와 이 자리에 앉아 있고, 이 나라에서는 상위 중산층임이 분명한 사람의 시선을 빼앗는 기계를 들고 있다니. 아무도 마음대로 선택하지 못하는 '태어난 자리'의 차이가 삶에 미치는 영향을 실감하는 순간이었다.

이십여 일 뒤에 나는 카트만두의 그린라인 버스 주차장에서 넋을 잃고 서성이고 있었다. 귀국하는 날이라 호텔 객실에서 짐을 싸고 있었는데, 갑자기 지진이 일어났다. 진도 7.8의 강도 높은 지진이었다. 허겁지겁 배낭만 메고 일행과 함께 호텔을 빠져나와 몰려가는 사람들 뒤를 따라 넓은 공터까지 왔다. 본진 때는 놀라서 무서울 새도 없었다. 그러나 이삼십 분 간격으로 땅이 흔들리는 상황에서, 울부짖는 사람, 불안한 표정으로 여기저기 통화를 시도하는 사람들 사이에 섞여 있자니, 점점 무서워지기 시작했다. 태어난 곳이 아닌 다른 나라 땅에서 죽을지도 모른다는 생각에 주위를 둘러보았다. 두어 달 함께 여행했을 뿐 여전히 속내를 잘 알지 못하는 일행뿐 아니라, 이름도 국적도 모르는 타인들 모두 아주 가깝게 느껴졌다. 홀로 불안한 표정으로 앉아 있는 여성에게 짙은 연민이 일기까지 했다. 이상하고도 낯선 감정이었다.

그날 저녁 비행기를 타야 했기에 공항까지 걸어갈 각오를 하고 거리로 나왔다. 무너진 벽돌이 흩어져 있는 거리의 상점들 대부분은 셔터가 내려져 있었다. 그런데 어떤 가게 앞에 뜯지도 않은 생수병 상자들이 쌓여 있는 게 눈에 띄었다. 물이 필요한 사람들은 그냥 가져가라는 것일까? 상황이 다급해서 가게 안으로

미처 들여놓지 못한 것일까? 해답을 찾을 여유는 없었다. 우왕좌왕 끝에 운 좋게 택시를 잡았다. 어느 정도 불안이 가라앉자, 마음은 간사하게도 택시비를 얼마나 내야 할지를 가늠하고 있었다. 평소에도 관광객들에게는 웃돈을 요구하는데, 막힌 도로를 이리저리 우회하는 상황에서 얼마나 큰 돈을 달라고 할지 걱정스러웠다. 공항에 도착해서 조심스럽게 얼마를 내야 할지 묻자, 기사는 뜻밖에도 미터대로 요금을 내라고 했다. 그가 돌려주는 거스름돈을 받지 않겠다고 손사래까지 쳐야 했다.

택시 기사는 원래 정직한 사람이었을까. 아니면 엄청난 자연재해 같은 불행을 함께 겪을 때 사람들 사이에는 잠시, 아주 잠시 긴밀한 연결이 이루어지는 걸까. 사라지는 택시를 바라보면서 길가에 쌓여 있던 생수병 상자들이 머릿속에 어른거렸다.

네팔의 기억이 떠오른 것은 2021년 4월 평택항에서 숨진 이선호 씨 사고 관련 기사를 읽으면서였다. 평택항에서 아르바이트생으로 일하던 이선호 씨는 원청과 하청업체의 안전 관리 소홀로 삼백 킬로그램 무게의 컨테이너 일부분에 깔려 숨졌다. 현장에서 같이 일하던 외국인 노동자는 이선호 씨를 덮친 무거운 철판을 들어올리려 애쓰며 빨리 구조대를 불러달라고 호소했다. 그러나 현장에 있던 한국인들은 119가 아니라 회사의 상위 관리부서에 먼저 연락했다. 어떻게든 사람의 목숨을 살리려 하기보다는 사건을 무마하기에 급급했다. 이러한 태도의 차이는 노동자와 관리자라는 위치의 차이일까? 아직 자본주의 시스템이 낯선 외국인과 완전히 적응한 한국인의 차이일까?

해답을 찾고 분석할 능력은 나에게 없다. 다만 스스로 가난하다고 믿는 내가 먼 나라의 풍광을 구경하러 가는 사치를 누릴 수 있도록 해준 시스템의 힘을 떠올린다. 한국인의 생각과 행동을 바꾼 것은 아마도 그 힘일 것이라 짐작한다. 자연재해나 불의의 재앙 앞에서는 아주 잠시라도 사람들 사이에 긴밀한 연결이 이루어진다는 믿음이 이제 여기, 대한민국에서는 유효하지 않은 것 같다. ◗

읽기

거대한 침묵

파랑새를 찾아 모험을 떠난 남매의 이야기가 있다. 동화가 아니라 희곡이라는 원작을 읽지 않았어도, 멀리서 찾아 헤매던 파랑새를 자기 집 새장 속에서 발견한다는 유명한 결말을 모르는 이는 거의 없을 것이다. 그런데 어린 시절에 읽어서 내가 어렴풋하게 기억하는 내용은 조금 다르다. 집에 있던 파랑새를 알아보긴 했지만, 새장에서 꺼낸 새를 그만 놓쳐버린다는 이야기가 덧붙었다. 그래서 행복은 먼 곳이 아니라 가까이에 있다는 교훈보다 파랑새처럼 한순간에 휘리릭 날아가버린다는 안타까움이 더 짙게 남았다.

　얼마 전에 자신들이 인간과 마찬가지로 음성학습자라고 주장하는 푸에르토리코 앵무새의 독백을 읽었다. 우주는 워낙 넓고 늙었으므로 수없이 많은 지적 존재가 탄생하여 문명을 건설

195

6부　읽기

했을 확률이 높다. 그러나 지구 이외에 다른 어느 곳에서도 지성의 흔적을 찾을 수 없다. 이를 '페르미 역설' 혹은 '거대한 침묵'이라고 부른다. 외계의 지성을 찾기 위해 인간은 전파망원경을 설치한다. 우주를 향해 메시지를 보내고 응답을 기다린다. 테드 창의 단편소설 「거대한 침묵」은 앵무새의 질문으로 시작한다.

"관계를 맺으려는 인간의 욕구는 우주 건너편의 소리까지 들을 수 있는 귀를 만들어냈을 정도로 강하다. 하지만 나와 동료 앵무새들은 이렇게 인간 가까이에서 살고 있다. 그런데도 왜 인간은 우리 목소리에 귀를 기울이려고 하지 않는 것일까?"

우주에서 지적 존재가 응답하지 않는 것은 적대적 침략자들의 표적이 되는 것을 피하기 위해서라는 가설이 있다. 인간에 의해 멸종 직전으로 내몰린 종의 일원으로서 앵무새는 그것이 현명한 전략이라고 단언한다. 눈앞에 있는 지적 존재를 전혀 알아보지 못하고 수백 광년 떨어진 우주의 소리를 엿듣고자 하는 인간은 다른 종을 이해할 수 있을 정도로 똑똑하지 않다.

테드 창의 소설은 원래 영상 작품에 자막으로 들어간 텍스트였다고 한다. 미국의 국립과학재단과 몇몇 대학이 함께 운영하는 아레시보 천문대에 설치된 전파망원경을 찍은 영상과 근처 숲에 서식하는 멸종 위기의 푸에르토리코 앵무새의 영상을 병치하는 내용이었다. 소설 속 앵무새는 자신들이 멸종하는 것의 의미는 한 무리 새들의 목소리와 언어, 신화가 사라지는 것이라고 선언한다. 다른 종을 이해할 능력이 없는 인간 탓에 앵무새들은 천명을 다하지 못하고 '거대한 침묵'에 합류한다. 그러나 떠나기 전, 전파망원경이 들을지도 모를 마지막 메시지를 인간에게 보낸다. "잘 있어, 사랑해."

세상의 중심은 자연과 분리된 인간이며 인간은 계속 진보한다는 인간만의 신화를 떠올린다. 푸에르토리코의 열대우림에서 지난 사십 년 동안 곤충의 숫자가 육십분의 일로 줄었고, 그 결과 새와 도마뱀이 삼분의 일 이상 감소했다는 사실을 떠올린다(집안 구석구석에 내가 뿌려댄 살충제의 양도 가늠해본다). 오래전 소로가 안타까워했듯, 들판과 바람의 향기가 제거된 채 시장의 운반 수레 속에 실린 과일들을 떠올린다. 태어난 뒤 사육장 밖으로 한 걸음도 나가보지 못하고 산 채로 땅에 파묻힌 돼지와 닭들을 떠올린다. 멀리서 찾아 헤맸으나 언제나 남매 곁에 있던 파랑새를 떠올린다. 그들도 거대한 침묵 속으로 사라지면서 자신들의 신화가 담긴 언어로 마지막 인사를 했을까? 잘 있어, 사랑해, 라고. 🍃

아름다움과 정의로움에 대하여

"이곳은 온 천지가 파랑이야. 네가 여기 있었으면."

떠나온 곳의 기온이 38.5도까지 치솟았다는 소식을 들었을 때, 나는 쪽빛에서 옥빛까지 온갖 파랑이 어우러진 바다와 하늘을 바라보며 혼잣말하고 있었다. 얼마 전에 읽은 일레인 스캐리의 책에 나오는 장면을 따라 해본 것이다. 활짝 핀 꽃들을 보고 친구에게 "에디스는 온 천지가 꽃이야, 네가 여기 있었으면" 하고 엽서를 쓰게 된다는 이야기였다. 그 자체가 아름다운 책인 『아름다움과 정의로움에 대하여』에서는 사람들이 아름다운 것을 보면 복제하려는 충동을 느낀다는 설명이 나온다.

스마트폰을 꺼내 사진을 찍었다. 마음속에 떠오른 친구들에게 엽서를 쓰거나 창조적 모사를 하기에는 시간과 능력이 부족했다. 다만 스캐리가 그 위력을 너무 낮게 평가한 듯 보이는 아름다움을 향한 소유욕은 충분했다. 좋은 것을 함께 나누고 싶은 욕망의 미성숙한 형태일 과시욕도 넘쳤다. 물론 사진을 찍어 그것을 소셜미디어 공간에 게시한다고 해도, 바다와 하늘에서 부딪히고 퍼져나가는 파랑의 영역을 소유할 수는 없다.

요즘은 아름다운 풍경과 맞닥뜨릴 때 불안과 두려움도 함께 느낀다. 순서 없이 앞다투어 피어나는 봄꽃들이나 너무 짙은 선홍빛 저녁놀을 볼 때 그러했다. 생애 마지막 봄꽃이나 노을을 보는 느낌이었다. 곧 내가 사라지거나 그들이 사라질 듯했다. 노년기로 접어드는 나이 탓만은 아니다. 돌이켜보면, 이미 많은 것들이 사라졌다. 어릴 때 기억으로는 집 앞 개울이나 강에서도 헤엄을 칠 수 있었다. 이제 마음 놓고 뛰어들 수 있는 물은 소독한 수영장과 바다 말고는 거의 남지 않은 것 같다.

2024년 6월에 지구의 평균기온이 산업화 시대 이전보다 1.5도 이상 상승했다. 되돌릴 수 없는 것은 아니지만, 예상보다 십 년쯤 앞당겨진 것이다. 여섯번째 대멸종이 이미 시작되었다고들 한다. 누가 어디서 얼마나 탄소를 배출하고 있는지 정확하게 아는 이는 드물지만, 지구 곳곳에서 들려오는 산불이나 폭우 소식을 들으며 모두 입을 모아 기후 위기를 근심한다. 탄소중립을 위한 여러 응급조치의 하나로 성층권에 이산화황을 살포하여 태양열을 반사하는 방법이 거론된다. 과거 대규모 화산 폭발 뒤에 대기로 흩어진 화산재가 태양을 가려 여름이 사라지고 기온이 내려갔다는 기록들이 있다고 한다. 그러니까 언젠가 위급한 상황이 닥치면 우리는 맑지도 파랗지도 않은 하늘과 빛을 잃은 태양을 보며 살게 될지도 모른다.

아름다움이 무슨 소용일까, 어쩌면 물 한 모금과 한 끼 음식이 아쉽고 추위와 더위에 시달리며 생존이 최우선인 지경에 이를지도 모르는데. 하지만 슬프지 않은가, 훈련된 안목이나 교양 없이도, 값비싼 입장료를 지불하지 않아도, 고개를 들면 언제나 누구나 누릴 수 있던 아름다움이 홀연 사라진다는 것이. 그런 슬픔조차 느끼지 못하는 상황이 온다면 우리는 서로를 같은 동료 인간으로 대할 수 있을까.

스캐리는 묻는다. "가까운 미래에 인간들은 사물들을 배치해서 아름다운 하늘이 있거나 아니면 없게 만들 수 있다. 그렇다면 너는 아름다운 하늘이 있기를 바라는가?" 그리고 덧붙인다. "사람이 아름다움의 상실을 직접 겪을 수는 있어도, 자신이 일부로 있는 더 넓은 세계, 자신이 살아온 시대와 미래의 어떤 세기가 그토록 심각한 상실을 겪는 걸 바랄 리"는 없다고. 🍃

늑대 토템

납득할 수 없는 이유로 어머니에게 꾸중을 듣고 가출을 감행한 적이 있다. 열 살 남짓한 무렵이었다. 해가 진 뒤라 집밖으로 나갈 용기는 없었다. 마당 한 귀퉁이에 있던 개집 뒤에 숨었다. 기대와는 달리 저녁 먹을 시간이 지나고 밤이 깊도록 아무도 나를 찾지 않았다. 오직 하나, 갈색 발발이가 꼬리를 흔들며 내내 옆에 앉아 있었다. 개를 묶지 않고 풀어서 키우던 시절이라 밥때가 아니면 늘 동네를 싸돌아다니는 녀석이었다. 그날 나는 비릿한 개냄새만큼 짙은 연결의 힘을 발발이에게 느꼈다. 사람들이 흔히 호의나 우정이라고 표현하는 감정보다 더 끈끈한 무엇이었다.

'개는 자신을 사람으로 여길까, 사람이 아니라고 여길까.' 그날 이후 개를 볼 때마다 떠올리는 궁금증이다. 개와 같은 조상에서 갈라져나왔다는 늑대는 무리의 응집력과 유대감이 매우 강하다고 한다. 개가 자신을 사람으로 여기는지 아닌지는 영원히 알 수 없겠지만, 자신의 목줄을 쥐고 있는 주인과 자신이 같은 무리에 속한다고 믿는 것만은 분명한 듯하다.

장룽의 소설 『늑대 토템』 속 한족 청년은 새끼 늑대를 데려와 길들이려 애쓴다. 날고기와 기름진 먹이를 주면서 새끼 늑대를 지극정성으로 돌본다. 한편으로는 사람을 해치지 못하게 날카로운 송곳니 끝을 잘라버리기도 한다. 그리고 생존의 무기를 잃은 새끼 늑대가 다시 초원으로 돌아갈 수 없게 되자, 그것이 자기 탓임에도 '마음 아파' 하는 이율배반적 모습을 보인다.

청년은 이전에도 마음 아파한 적이 있다. 늑대에게 떼죽음을 당한 가젤들을 보았을 때이다. 늑대는 왜 아무 잘못도 없는 가젤을 사냥하느냐며 슬퍼하는 청년에게 몽골인 노인은 설명한다. "초원에서는 풀이 가장 큰 생명체이고, 나머지는 모두 작은 생명체에 불과해. 작은 생명체는 큰 생명체에게 의지해야만 살아갈 수 있다. 늑대와 사람조차 작은 생명체에 속하지. 그래서 풀을 먹어치우는 것은 고기를 먹는 것보다 더 나쁜 해악이야. 너는 가젤이 가련하다고 하지만 풀은 가련하지 않으냐? ……가젤 무리가 필사적으로 풀을 뜯어먹는 것은 살생이 아니냐?"

새끼 늑대는 초원에서 들려오는 다른 늑대들의 울음소리에 본능이 깨어난다. 쇠사슬에 묶인 채 몸부림치다가 치명적 상처를 입고 죽는다. 결국 늑대는 개가 아니었다. 개는 이미 석기시

대부터 사람과 함께 살아왔다. 곡식을 소화할 수 있고 목줄을 견디도록 진화했다. 오늘날에는 수렵과 목축 시대처럼 협업자의 역할은 하지 않게 되었으나, 사람들에게 끈끈한 애정과 친밀함을 제공한다. 개의 몸은 사람들이 선호하는 형태로 개량되었고, 그로 인한 질병에 시달리기도 한다.

생존의 현장에서 어떤 동물은 사람과 협업했고 어떤 동물은 경쟁했다. 인간이라는 종이 소총과 같은 기술문명을 사용하여 먹이사슬의 꼭대기로 올라서기 전에는, 협업자도 경쟁자도 생태계의 균형을 이루는 존재로 존중받았다. 기술문명의 등장 이후 협업자는 인간의 식용으로 사육되거나 '반려'가 되었다. 경쟁자는 절멸의 길로 갔다. 이즈음 '동물권'이라는 단어가 보일 때마다 '인권'이라는 개념이 세상에 등장하게 된 역사적 배경을 떠올린다. 착취당하는 자로서 노예, 여성, 동물의 삶이 거쳐온 역사에는 비슷한 장면이 많다.

돌이켜보면 인간은 질병이든 굶주림이든 거의 모든 장애물을 제거할 길을 마련했다. 눈앞에 닥친 생태계와 기후 위기 또한 그럭저럭 다룰 수 있을지 모른다. 하지만 위기 상황을 초래한 인간 욕망의 무한함을 스스로 통제할 수 있을까? 누구도 장담할 수 없는 일이다. ◖

H$_2$O와 망각의 강

집에서 가까운 공원 한가운데에 호수가 있다. 강에서 끌어들인 물을 정수한 뒤 다시 강 하류로 흘려보내는 인공호수다. 넓이가 삼십만 제곱미터, 둘레는 4.9킬로미터라는데, 경험적으로 크기를 설명하자면, 오십대 후반 여성인 내가 느긋하게 호수 둘레를 한 바퀴 돌면 한 시간이 조금 넘는 거리다. 호숫가에는 군데군데 벤치가 놓여 있다. 이른 아침이거나 날씨가 궂은 날이 아니라면, 빈자리는 거의 없다. 앉을 자리가 있나 눈여겨보다가 매우 당연한 사실 하나를 깨달았다. 벤치들은 예외 없이 호수를 바라보는 방향으로, 호수가 잘 보이는 장소에 놓여 있다는 것이다. 돗자리나 야외용 의자를 갖고 온 사람들도 모두 물이 잘 보이는 자리를 선호한다.

오래전 청평호 근처에 살았다. 언젠가부터 강과 호수 주위로 하루가 다르게 음식점과 숙박업소가 들어서는 장면을 목격하면서, 물이 지닌 어떤 힘이 사람들을 끌어들여서 먹고 자고 즐기게 하는 것인지 궁금해한 적이 있다. 단순히 물이 있는 풍경의 아름다움 때문만은 아닌 듯했다.

1984년에 미국의 댈러스시에서는 생활용수를 재활용하여 인공호수를 만들었다. 이 과정에서 전문가들의 강연과 시민의 공청회가 열렸다. 『H_2O와 망각의 강』은 이 문제에 대한 이반 일리치의 강연을 책으로 엮은 것이다. 일리치는 말한다. "모든 물이 H_2O로 환원될 수 있다는 전제를 받아들이지 않을 것"이라고. 시대와 문화에 따라 물을 대하는 관점은 달라졌다. 그러한 변화에 따라 물을 대하는 사람들의 상상력도 달라지기 마련이다. 시대마다 물이라는 물질에 덧입히는 형태와 의미는 변했다.

신화 속 레테강은 현실의 강과 반대 방향으로 흐른다. 강물은 죽은 이의 발에서 기억을 씻어낸 다음, 강의 원천인 므네모시네 여신의 샘으로 거슬러올라간다. 그리고 죽은 이의 기억을 그곳에 모아둔다. 그 시절에는 언젠가 반드시 죽을 운명인 인간 가운데 신의 축복을 받은 이만이 기억의 샘물에서 건진 이야기들을 세상에 전할 수 있다고 믿었다. 나는 상상해본다. 죽은 이들의 영혼이 강물을 건너는 이야기는 아득한 강이나 호수, 바다 저편에 무엇이 있는지 알 수 없던 시공간에서 비롯되었을 것이라고. 물안개 자욱한 강변에서 건너편을 바라보며 알 수 없음의 신비에 빠져들 수 있던 사람들이 문득 부럽다.

이반 일리치는 댈러스시의 수도 배관 속을 흐르는 H_2O는 물이 아니라 산업사회가 창조한 물질이라고 강변한다. 눈앞에 있는 호수가 변기의 물을 정화한 것이라는 사실을 사람들이 의식하지 않을 수 있을지 묻는다. 물의 분자식이 H_2O라는 사실을 알게 된 시점부터 인간은 물의 정체를 파악했다고 믿었다. 자연과학 덕분에 위생적이고 편리한 삶을 누리게 되었으나, 자연을 인간 사회와 분리된 정복할 수 있는 대상으로 여기기 시작했다. 무분별한 지하수 개발이나 수질오염, 물의 불평등한 분배 같은 문제들의 이면에는 잃어버린 상상력, 사라진 물의 꿈 같은 공허함이 도사리고 있는지도 모른다.

앎이라는 것은 자신이 안다는 것을 아는 것과 자신이 모른다는 것을 아는 것으로 다소 거칠게 나눌 수 있다. 마찬가지로 모름 역시 자신이 모른다는 것을 모르는 것과 자신이 안다는 것을 모르는 것으로 나눌 수 있다. 이제까지의 앎을 되돌릴 수 없고 그럴 필요도 없지만, 우리는 이따금 알아도 모르는 상태에 머물러야 하지 않을까. 모름의 영역이 넓어지면 꿈의 지평도 넓어질 테니. 🌰

세상에 나쁜 곤충은 없다

이따금 욕실에 붉은 실지렁이들이 출몰한다. 찾아보니 하수구 배관 주위의 침전물에서 사는 생물이란다. 세균을 옮길 수는 있겠지만 사람을 물거나 공격하지는 않는다. 그럼에도 내 집에서 그들과 마주치는 게 끔찍해서, 하수구에 뜨거운 소금물을 붓는다. 별로 효과가 없다. 나는 망설인다. 이제 배관을 말끔히 씻어낸다는 강력한 화학 약품을 쏟아부어야 하나.

생명이 있는 모든 존재에 대한 연민을 강조하는 불교를 공부하면서, 자주 부질없는 의문이 떠오르곤 했다. 내가 바퀴벌레를 연민할 수 있을까. 곤충과 거미 그리고 몇몇 무척추동물을 묶어서 지칭하는 '벌레'라는 말에는 이미 부정적 느낌이 숨어 있다. 열대의 나라를 여행할 때 숙소에 나타날지도 모를 낯선 벌레에 대한 공포로 잠을 이루기 어렵던 기억이 있다. 연민은커녕, 호들

갑스러운 혐오나 난폭한 분노로 이어지는 공포를 통제하기도 힘들다.

과학자들은 수만 혹은 수백만 년 동안 쌓여온 경험이 인간의 유전자에 새겨져, 자신에게 해를 입힐지도 모르는 존재를 경계하게 되었다고 가정한다. 흑사병 균을 옮기는 쥐벼룩, 치명적 독을 가진 거미나 뱀을 떠올려보면 특정 생물에 대한 혐오와 회피 반응은 당연하다. 안네 스베르드루프-튀게손의 『세상에 나쁜 곤충은 없다』를 읽으면서, "진화는 사랑과 연민으로 움직이지 않는다"라는 문장에 밑줄을 긋는다.

반면에 사회생물학자인 에드워드 윌슨은 자연에 관심을 기울이고 밀접한 접촉을 유지해야 인간의 생존확률이 높았을 것이라고 주장한다. 꽃에 관심을 기울여야 열매가 맺히는 것을 발견할 수 있고, 다른 생물종과 밀접한 관계를 유지해야 만약에 닥쳐올지도 모를 위험에 대처할 수 있다는 이야기다. 이러한 관심과 접촉이 진화를 통해 강화되면서 '생명애'로 발전했다는 설명에 이른다. 사랑이라니, 너무 인간적인 관점 아닌가. 땅이나 동식물에 대한 인간의 사랑은 한낱 우월감이나 소유욕에 지나지 않는 경우도 많은데.

벌레라 불리는 존재는 다른 생명체의 배설물이나 사체를 먹어치우고 분해한다. 그들의 생존 과정 자체가 죽은 유기물질에서 질소와 탄소 같은 물질을 땅으로 돌아가게 하는 일이다. 사랑이나 연민 없이도 생명의 흐름을 원활하게 순환시킨다. 그들은 인간보다 훨씬 오래전부터 지구에 존재했고, 다섯 차례의 대멸종에서 살아남았다. 말라리아모기들은 강력한 살충제인 DDT에도 살아남는 내성을 키웠으며, 갈색거저리 유충은 스티로폼을 분해할 능력이 있음이 밝혀졌다. "세계는 작은 경이로 가득차 있다. 그러나 그것을 보는 눈은 부족하다." 나는 또 밑줄을 긋는다.

동티난다는 말이 있다. 건드려서는 안 되는 것을 건드려 해를 입게 된다는 의미다. 자연은 민감하면서 엄혹한 시스템이다. 수위를 넘은 욕망이 생명의 흐름을 교란할 때, 사태의 여파는 결국 누구에게 이르게 되나? 하수도에 화학약품을 쏟아부으면서 그것이 다시 자신에게 돌아온다는 사실에 애써 눈을 감는 맹목은 어디에서 비롯되었나. 자연에 대해 인간은 무엇을 모르는지조차 모른다. 같은 인간에게든 자연에 대해서든 섣불리 연민하고 사랑하기 전에 조심하고 존중하는 태도가 먼저이면 좋겠다.

밀크맨

한밤중에 온 동네 개들이 짖고 고양이들이 날카롭게 울어댔다. 이따금 족제비가 쓰레기통 근처를 맴돌던 산비탈 동네에 살 때의 일이다. 아침에 집을 나서는데 거무스름한 물체가 길에 떨어져 있는 게 눈에 띄었다. 자세히 들여다보니 피가 엉겨붙은 고양이의 발이었다. 그것이 무엇인지 알아차리는 순간, 등줄기가 서늘했다. 어린 시절 동물원 우리에 갇힌 호랑이의 눈을 처음으로 마주보았을 때가 떠올랐다. 자연에 대해 품고 있던 평화롭고 자유로운 곳이라는 막연한 관념이 깨지고 뭔가 섬찟한 민낯을 마주한 느낌이었다.

정체불명의 물체를 유심히 들여다본 것을 후회하며 그 자리를 떠나려는데, 얼마 전까지 살아 있는 몸의 일부이던 것을 방치하면 안 된다는 생각이 발목을 잡았다. 나는 생명을 존중하여 동물을 먹지 않는 사람도 아니고 개나 고양이를 특별히 사랑하지도 않는다. 그럼에도 피가 흐르는 발을 시멘트 도로 위에 그냥 두고 가기는 힘들었다.

애나 번스의 소설 『밀크맨』에서 걸어다니며 책을 읽는 그녀도 마찬가지였다. 폭탄이 터진 자리에서 고양이의 잘린 머리를 발견하고 복잡한 심사에 빠져든다. 애써 눈을 돌리고 가던 길을 가다가, "딱 한 가지가 바뀌면 다른 것도 모두 바뀔 거라고 장담해요"라는 프랑스어 선생의 말을 떠올리며 잘린 머리가 놓인 자리로 돌아간다. "어쩌려고?" 그녀는 혼잣말로 묻고 대답한다. "어딘가 푸른 곳으로 가져갈 거야." 산울타리, 수풀, 나무뿌리 같은 것들이 머릿속에 떠오른다. 그녀는 두 장의 손수건으로 고양이 머리를 잘 감싼다.

오랜 갈등과 반목 속에서 폭력과 감시, 죽음과 슬픔이 일상이 되어버린 곳이 있다. 누가 설치했는지 알 수 없는 폭탄이 불시에 교회나 자동차에서 터지고 구타, 낙인찍기, 실종이라는 처벌이 횡행하는 곳이다. 폭력적 정의를 상대방에게 강요하는 사람들의 소통 방식은 암시와 협박, 무성한 뒷소문이다. 아마도 그런 곳에서는 인간과 비인간이라는 구별이 그다지 유효하지 않을 것이다. 차라리 공격하는 자와 공격당하는 자, 즉 머리 위에서 폭탄을 떨어뜨리는 자와 땅에서 고스란히 그것을 받아야 하는 동물, 여성, 노약자라는 구별이 더 현실적이다. 세상을 외면하고

자 거리를 걸을 때 『아이반호』 같은 책을 읽는 그녀가 으깨진 고양이 머리를 손에서 놓지 않는 이유이다. 그러면서도 끊임없이 '이게 무슨 의미가 있나, 그래봐야 달라지는 게 있나?' 라고 의심한다.

소설에는 가짜 밀크맨과 진짜 밀크맨이 등장한다. 가짜 밀크맨은 정작 우유 배달 같은 건 하지 않는다. 더 중요한 일을 한다. 편 가르기와 테러 같은 일이다. 그는 하얀 승합차를 몰고 다니면서 열여덟 살 그녀를 스토킹하는 마흔한 살의 유부남이기도 하다. 우유 트럭을 몰고 다니는 진짜 밀크맨이 어느 날 고양이 머리를 손수건에 싸서 들고 다니는 그녀 앞에 나타난다. 밀크맨은 질문을 퍼붓거나 사실을 왜곡하지 않고 그녀의 말을 들어준다. 그리고 마침내 고양이 머리를 잘 묻어주겠다고 약속한다. 그래봐야 달라지는 건 없지만, 적어도 고양이 머리는 어딘가 푸른 곳에 묻히게 되었다.

『밀크맨』은 1970년대의 북아일랜드라는 배경에서 쉽게 기대할 수 있는 정치적 서사를 훌쩍 뛰어넘는 소설이다. 괴물과 싸우다가 괴물이 된 사람들 이야기일 수도 있고, 전쟁은 동물이나 여자의 얼굴을 하지 않았음을 증명하는 이야기일 수도 있다. 가짜와 진짜에 대해 말하고 싶거나 비정상과 정상을 가르는 사회적 폭력을 이야기하고 싶은지도 모른다. 어쩌면 그 모두가 복잡하게 얽혀 있음을 드러내려는 것일 수도 있다. 그래서 당연히, 무

슨 일이 일어났는지도 모르고 죽어간 고양이의 피 흘리는 머리
가 묻힐 '푸른 곳'을 찾는 이야기이기도 한 것이다.

오래된 미래

수도권 대 비수도권의 구도를 두번째 분단으로 규정하는 특집기사를 읽었다. 한 시절 경기도와 강원도의 접경 지역에서 살던 때의 기억이 떠올라 감정이 복잡해진다. 이십대 후반에 이른바 귀촌을 실행한 뒤, 삼십대 내내 농촌에서 살았다. 서른 가구 정도 모여 사는 작은 마을이었다. 주민들은 식용 닭을 키우는 육계 혹은 버섯이나 사과 재배를 생업으로 삼았다. 어느 집이나 자급자족을 위한 벼농사와 밭농사를 조금씩 지었다.

도시에서 나고 자란 나는 농촌이나 농업에 대해 아무것도 몰랐다. 낭만적 환상을 품었을 따름이다. 헬레나 노르베리 호지가 『오래된 미래』에서 묘사한 라다크 사람들의 삶 같은 것을 꿈꾸었다. 가을에 타작을 끝내고 키질하며 노래를 부르는 삶.

오, 순결한 바람의 여신이시여.

오, 아름다운 바람의 여신이시여.

이 겨들을 가지고 가소서.

겨들이 알곡에서 떨어지게 하소서.

인간들이 도울 수 없는 곳에서

신들이 우리를 돕게 하소서.

그러나 사십대 초반에 서울 근교로 돌아왔다. 귀촌에 실패하고 다시 돌아온 이유를 묻는 이들에게 '생계를 잇기 어려웠다'라든가 '자식의 교육 문제 때문'이라고 대답하곤 했다. 쉽게 고백하지 못하는 이유도 있었다. 공동체에 섞여 들지 못했다. 대부분 혈연으로 얽혀 있을 뿐 아니라, 품앗이 없이 일하기 어려운 농촌에서 공동체는 매우 중요하다. 게다가 공동체의 진짜 일원이 되려면 학습이 필요했다. 그런 학습을 받지 못했고, 받고자 하는 의욕도 없었다. 희미한 죄책감 없이 떠올리기 힘든 기억이다. 변명하자면, 그 무렵 농촌 공동체도 피폐해져 도시 사람들에 대한 피해의식이 심한 상태였다. 새로운 구성원을 환대할 여유도 의지도 없었다.

『오래된 미래』를 다시 펼친다. 서구 문명의 개발 모델을 따라가면서 라다크의 전통적 공동체가 급격히 해체되는 과정을 읽는다. 슬프다. '우리는 모두 함께 사는 거잖아요'라는 말로 웬만한 분쟁을 해결하던 이들. 열악한 자연환경 속에서도 자원의 완벽한 순환과 검약으로 부족함 없이 살던 이들. 환금성이라는 가치는 이들의 강한 자부심과 유대감을 열등감과 탐욕으로 바꾼다. 산업화를 거치면서 우리 농촌이 심각한 자기 부정에 이르는 과정도 비슷했으리라 추측한다. 농사짓는 일은 이제 가장 낮은 수준의 임금노동보다 더 못한 대접을 받는 직업이 되었다.

먹을 음식과 입을 옷을 직접 만들고 거주할 집을 직접 짓고 고쳐가며 살아간다는 뿌듯함은 머나먼 과거로 사라졌다. 오늘날 사람들 대부분이 일의 기쁨보다는 소비자라는 정체성에 더 큰 비중을 두고 살아간다. 자본주의든 사회주의든 크게 다르지 않다. 합리적 소비자는 쾌락과 기호를 포기하지 않는다. 경쟁적이고 이기적이다. 그것이 인간의 본성인지 아닌지 나는 모른다. 본성이라는 게 정해져 있는지도 알 수 없다. 다만 성장과 이윤을 추구하는 경제체계가 경쟁과 이기심을 더욱 부추긴다고 믿는다.

자연과 정서적으로 교감하던 시대로 돌아갈 수 있을까? 상호 보완하는 공동체의 일원이라는 믿음으로 돌아갈 수 있을까? 모든 변화를 퇴보와 희생으로 받아들이지 않을 수 있을까? 죄책감이 아니라 책임감을 가질 수 있을까? 아무려나 자연은 우리가 알지 못하는 방식으로 스스로를 유지할 것이다. '인간들이

도울 수 없는 곳에서 신들이 우리를 돕게 하소서'라고 노래하던
사람들이 믿었던 방식으로. 🌰

부희령

소설가, 번역가, 칼럼니스트

2001년 〈경향신문〉 신춘문예에 단편소설이 당선되어 글 쓰는 일을 시작했다. 청소년 장편소설 『고양이 소녀』, 소설집 『꽃』 『구름해석전문가』, 앤솔러지 『그 순간 너는』, 『선량하고 무해한 휴일 저녁의 그들』, 산문집 『무정에세이』, 공동 르포집 『당신은 나를 이방인이라 부르네』 등이 있다. 옮긴 책으로 『모래 폭풍이 지날 때』 『매일 읽는 헨리 데이비드 소로』 『아무것도 사라지지 않는다』 등 80여 권이 있다.

〈국민일보〉(2015-2017), 〈한국일보〉(2016-2019), 〈서울신문〉(2019-2021), 〈경향신문〉(2019-2024)에 칼럼을 연재했다.

대안연구공동체, 경향시민대학, 우리가치 인문동행 등에서 글쓰기 강의를 했다. 서울문화재단 창작기금을 두 차례 받았다.

가장 사적인 평범

초판 1쇄 인쇄 2024년 8월 23일
초판 1쇄 발행 2024년 9월 4일

지은이 부희령

편집 정소리 이원주 디자인 엄자영 마케팅 김선진 김다정
브랜딩 함유지 함근아 김희숙 이송이 박민재 정승민 박다솔 조다현 배진성
저작권 박지영 형소진 최은진 오서영
제작 강신은 김동욱 이순호 제작처 천광인쇄소

펴낸곳 (주)교유당 펴낸이 신정민
출판등록 2019년 5월 24일 제406-2019-000052호

주소 10881 경기도 파주시 회동길 210
전화 031-955-8891(마케팅) 031-955-2692(편집) 031-955-8855(팩스)
전자우편 gyoyudang@munhak.com

인스타그램 @gyoyu_books 트위터 @gyoyu_books 페이스북 @gyoyubooks

ISBN 979-11-93710-55-5 03810

◦ 교유서가는 (주)교유당의 인문 브랜드입니다.
  이 책의 판권은 지은이와 (주)교유당에 있습니다.
  이 책 내용의 전부 또는 일부를 재사용하려면 반드시 양측의 서면 동의를 받아야 합니다.